BBULMEDIA

http://www.bbulmedia.com

첩혈신룡

喋血神龍

1

도검 신무협 장편 소설

첩혈신룡

喋血神龍

뿔미디어

차 례

서장

그해 겨울, 범잡이 소칠은 인근에서 악명이 높은 놈을 잡으려다 되레 사냥을 당했다.

놈의 발톱에 아랫배가 갈라지고 내장이 흘러내렸다.

기식이 엄엄하여 숨이 턱에 차고, 눈앞이 뿌옇게 보였다.

그런데 승자의 여유를 만끽하던 놈이 갑자기 나타난 선풍도골의 노도사가 지른 호통 한 번에 꽁지를 말고 도망쳤다.

당연하게도 소칠의 눈에는 노도사가 신선으로 보였다.

"허어! 빈도의 도력이 부족하여 되돌릴 수 없음이네."

노도사는 안타까운 표정으로 그리 말했다.

하나 소칠은 가래 끓는 소리만 낼 뿐 대꾸하지 못했다.

"많이 고통스러운가?"

노도사는 잠시 고민하더니 이상한 숨 쉬는 법을 알려주었다.

"되돌릴 수는 없으나 조금은 편안해질 것이네."

그리 말한 노도사는 하늘을 한 번 쳐다보고 주위를 둘러본 다음 소칠의 주변을 향해 손짓했다.

그러자 손짓을 따라 돌개바람이 불더니, 몇 개의 돌무덤이 생겨나고, 사방팔방에 막대기가 꽂혔다.

"천기를 따라야 할 몸이라 곁을 지켜줄 시간이 없네. 하나 이것으로 짐승이 들지는 못할 것이니 조금이나마 편히 가시게."

노도사는 측은한 눈길을 남기고는 홀연히 사라졌다.

소칠은 노도사가 알려준 숨 쉬는 법을 열심히 따라했다.

호흡이 엉킬 정도로 답답하고 어려웠으나 신선이 숨 쉬는 법이거늘 어찌 소홀히 하겠는가.

열심히 한 덕분인지 한 식경이 지나자 고통이 줄어들었다.

소칠은 자리에서 일어났다. 그리고 흘러내린 내장을 억지로 쓸어 넣으며 비척비척 걸음을 옮겼다.

소칠이 향한 곳은 깊은 산중에 자리한 작은 분지였다.

특이하게도 분지 한가운데에 늪이 형성되어 있었는데, 시커멓기가 먹보다 더했고, 냄새가 고약하기로는 절간의 측간보다 더했다.

소칠은 늪 안으로 들어가 몸을 누였다.

신선이 가르쳐 준 호흡을 열심히 따라한 소칠은 곧 잠이 들었다. 잠이 든 상태로도 숨 쉬는 법을 계속 유지했다. 소칠이 억지로 유지한 것이 아니라 앞선 숨이 다음 숨을 이끌었다.

시간이 흘러 소칠이 눈을 뜬 건 열 번의 낮과 밤이 지난 후였다.

놀랍게도 소칠은 벌떡 일어나 걸었다. 더 놀라운 사실은 아랫배의 상처가 단단히 아물었다는 것이다.

분지의 늪은 소칠이 오래전에 우연히 목격한 곳인데, 놀랍게도 상처를 입은 산중의 짐승들이 상처를 치료하는 곳이었다.

소칠이 목격한 바로는 원래 이 정도까지 치유력이 뛰어나지는 않았다. 아마 신선이 가르쳐 준 숨 쉬는 법 때문에 이렇게 된 거라 여긴 소칠은 그날부터 숨 쉬는 법을 한순간도 거르지 않고 열심히 따라했다.

이듬해 소칠은 아들 소웅을 낳았다.

소웅이 세 살이 되자 소칠은 신선이 가르쳐 준 숨 쉬는 법을 가르쳤다.

신선의 호흡 때문인지 소웅은 튼튼하게 자랐다. 그 흔한 감기 한 번 걸리지 않았다. 장성해서는 부락에서 가장 힘이 센 장사로 이름을 날렸다.

장성하여 장가를 간 소웅은 소강을 낳았고, 세 살이 되자 소강에게 숨 쉬는 법을 가르쳤다.

소강의 어미는 영민한 사람이었다. 남편이 아들에게 이상한 것을 가르치자 꼬치꼬치 캐물었고, 결국 시아버지인 소칠에게 자초지종을 듣게 되었다.

타지를 전전하다 궁벽한 산골까지 흘러들어 온 소강의 어미는 그게 도문의 운기토납이라는 걸 눈치챘으나 모른 척하며 소칠을 부추겨 소강을 분지로 데려가 늪 속에 집어넣었다. 그리고는 하루도 거르지 않고 늪 속에서 운기토납을 행하게 했다.

한편으로는 사람의 욕심이 화를 부르니 늪과 숨 쉬는 법에 대해서는 그 누구에게도 말하지 말도록 철저히 입단속을 시켰다.

소강은 아비보다 배는 더 장사로 성장했다. 행동은 어찌나 민첩한지 살쾡이가 울고 갈 정도였다. 맹수들이 득시글거리는 산중이 소강의 놀이터가 되었다.

열다섯이 된 소강은 할아버지를 죽음 직전까지 몰고 갔던 범을 쫓다가 놀라운 광경을 보게 되었다.

하늘을 찌를 듯 치켜든 칼 한 자루가 범을 단박에 두 쪽으로 갈라 버리는 광경이었다.

이름 모를 무인은 소강의 뇌리에 강렬한 인상을 심어주고는 무심히 사라졌다.

소강은 무인이 범을 일도양단한 모습을 잊을 수가 없었다.

목도를 직접 깎은 소강은 아무도 몰래 무인의 일도를 따라했다.

천중을 찌를 듯이 치켜들었다가 번개같이 내리긋는 일도.

삼류무인이 코웃음 칠 정도로 엉성하기 짝이 없었으나 소강은 숙연한 자세로 성심을 다했다.

"네가 나무칼을 숨겨두고 있다는 걸 안다. 그럴 필요 없다. 사내가 하고 싶은 일이 있으면 하늘이 무너져도 하고야 마는 고집이 있어야 하는 법이다. 하나 진짜 사내라면 응당 그 끝을 보아야 하는 법이니 네가 수련하는 바위가 부서지기 전까지는 절대 멈추지 말아야 할 게다."

소강의 어미는 아들의 뜻을 꺾지 않았다. 다만 혈기왕성한 아들이 하늘을 날고 산을 부순다는 무림고수들이 즐비한 험난한 세상으로 뛰쳐나갈 것을 우려하여 그같이 말했다.

당연하게도 목도로 집채만 한 바위를 부순다는 건 지난한 일이었다.

소강은 바위를 부수지 못했고, 결국 그 엉성하기 짝이 없는 일도를 신선의 호흡과 함께 아들에게 가르쳤다. 바위를 부수기 전까지는 결코 멈추지 말라는 모친의 말과 함께 그 아들에게서 다시 아들에게로 전승되었다.

소씨 사내들은 천성적으로 우직했다.

업인 범잡이 일을 하면서도 신선의 호흡과 일도를 단 하루도 멈추는 일이 없었다.

그렇게 세대가 이어지자 일도는 점점 더 간결해지고, 빨라졌다. 그리고 언제부터인가 신선의 호흡과 단순히 내리긋는 일도가 하나처럼 동화되었다. 그때부터 목도를 내리그을 때마다 바람 소리가 요란했다.

소처럼 우직하기 만한 소씨 사내들은 그것이 무엇을 의미하는지 한 사람도 눈치채지 못했다. 그저 하루도 거르지 않고 바위가 부서져라 수련을 할 뿐이었다.

세월은 소씨 사내들처럼 우직하게 흘렀다.

소칠이 백이십육 세의 나이로 눈을 감은 후로 일곱 세대가 이어졌다.

소철심의 아들 소무열이 열다섯 살이 대던 해.

훗날 무림천하에 무열제(武烈帝)라 불렸던 무인의 신화는 이때부터 꿈틀대기 시작했다.

제1장

도대체 이 사람들은…… 뭐냐?

거대한 산맥이 음습한 수림 사이사이로 새하얀 입김을 토하고 있는 이른 아침이다.

희뿌연 아침 안개를 뚫고 일노일소가 나란히 걸음하고 있었다.

"스승님께서 말씀하시길, 용혈위주 사수차지(龍穴爲主 砂水次之)이니, 산을 살피는 데는 용과 혈이 우선이요, 지형과 물은 다음이라고 하셨잖아요?"

이제 예닐곱 정도 되어 보이는 어린 소동이 낭랑한 음성으로 말하자 서생 복장을 한 노인의 입가에 흐뭇한 미소가 그려졌다.

"용과 혈을 헤아리지 못하고, 지형과 물만을 살펴서는 제대로 짚어내지 못하는 법이니라. 한데 갑자기 그 말을 꺼내는 연유가 무엇일꼬?"

산의 능선을 용이라 하고, 능선을 따라서 흐르는 기맥이 어느 한 지점에 머물게 되니 그곳이 바로 혈이다.

뛰어난 지관은 용과 혈을 정확히 헤아릴 줄 알아야 한다.

서생 복장을 한 노인이 바로 그런 지관이다.

서운(瑞雲) 유숙의!

천하에 가장 뛰어나다는 세 명의 지관 중 한 사람이다.

"이상해서 그렇습니다."

"뭐가 말이냐?"

"제자가 느끼기에 이 산에는 생동하는 기운은 느껴지지 않고, 온통 답답한 기운만 가득합니다. 용과 혈이 제대로 자리를 잡지 못한 것이 맞겠지요?"

"그래. 그렇구나. 네 말대로 이 산은 생기가 충분하지가 못하다."

유숙의의 미소가 더욱 진해졌다.

어린 제자의 천지 감응력이 얼마나 뛰어난지 여실히 드러나고 있었기 때문이다.

"하면 여느 산 못지않게 산짐승들이 많은 연유가 무엇일까요?"

유숙의는 걸음을 멈췄다.

그러고 보니 오는 동안 산짐승들을 숱하게 보았다. 지금도 산새들의 지저귐이 숲을 울리고 있다.

'흉지에 산짐승들이 몰려 있다니, 어찌 이런 일이 있을

수 있단 말인가.'

사람보다 짐승들의 감각이 수 배는 더 예민하다. 그리고 짐승들은 흉지에 머무는 걸 좋아하지 않는다.

유숙의는 산세를 두루 살펴봤다.

음습한 산임에도 잡목과 수풀이 빽빽할 정도로 과하지 않고, 능선이 상하좌우로 꿈틀거리고 있으니 용의 활기가 승천할 형세인 건 분명하다.

대저 이런 산세라면 명당 중의 명당을 품고 있어야 옳다. 명당을 품고 있는 산이라면 산 전체에 활기가 넘쳐야 옳다.

하나 명당을 품고 있다고 하기에는 산이 품고 있는 활기가 너무 부족했다. 모양으로는 명산이나 품고 있는 기운으로는 흉산이니, 참으로 요상한 일이다.

한데 요상한 건 그것만이 아니었다.

쿠─웅! 쿠─웅! 쿠─웅! 쿠─웅!

돌연 묵직한 메아리가 쉬지 않고 들려왔다. 흡사 천신이 강림하여 걸음을 옮기기라도 하는 듯 발바닥을 울리는 진동이 느껴졌다.

유숙의는 저도 모르게 주위를 두리번거렸다.

"스승님, 산이……!"

"오냐, 산 전체가 요동치는구나!"

생기(生氣)와 사기(死氣), 선기(善氣)와 악기(惡氣)를 가리지 않고, 산이 머금고 있는 모든 기운이 파동치고 있었다.

실로 범상치 않은 현상이었다.

유숙의는 어린 제자의 손을 잡고는 묵직한 울림을 일으키는 진원지를 향해 걸음을 서둘렀다.

이린 제자와 함께 가파른 능선을 타고 오르려니 생각보다 걸음이 더뎠다.

한 식경 정도 산을 타자 어린 제자가 힘들어했다.

유숙의는 걸음을 멈추고 제자의 숨을 돌려주었다.

산을 살피고, 지맥을 헤아리기를 수십 년이었지만, 머리에 새하얀 서리가 내리고 나니 유숙의 역시 몸이 예전 같지 않아 힘에 부쳤다.

유숙의는 한 식경마다 걸음을 멈추었다.

땀을 비 오듯 흘려가며 가파른 능선을 넘나들기를 수 차례, 드디어 산 전체를 요동치게 만드는 묵직한 울림의 진원지에 도착했다.

하지만 이미 반 각 전에 묵직한 울림이 멈추어 버렸다.

유숙의는 주위를 살폈다.

그때 반대편 능선을 넘어가는 작은 그림자 하나가 보였다.

유숙의는 부지불식간에 손을 뻗으며 소리를 질렀다.

"이보시오!"

하나 작은 그림자는 순식간에 능선 너머로 사라져 버렸다.

"이보시오! 멈춰보시오!"

유숙의는 다시 소리를 질렀다.

하나 한 번 사라져 버린 작은 그림자는 다시 돌아오지 않았다.

"대체 뭐하는 사람이기에⋯⋯."

유숙의는 실망하지 않았다.

주위를 살펴보면 그 사람이 무얼 하고 있었는지 알 수 있을 거라 여겼다.

유숙의는 세심한 눈길로 사방을 살피더니, 갑자기 두 눈을 크게 치뜨며 제자의 손을 잡은 채 능선 아래로 빠르게 내려갔다.

잠시 후, 유숙의가 걸음을 멈춘 곳은 능선의 비탈진 곳에 박혀 있는 커다란 바위 앞이었다. 가히 집채만 하다는 말을 떠올리게 만드는 거대한 바위였다.

유숙의는 제자의 손을 놓고 자신이 잘못 본 것은 아닌지 주위의 능선들을 다시 한 번 살펴보고는 이내 고개를 저으며 장탄식을 터트렸다.

"약유생성지룡(若有生成之龍) 필유생성지혈(必有生成之穴)이라 했다. 주변 용의 형세가 당장에라도 승천할 기세이거늘 어찌 혈이 생성되지 않을까. 하나 참으로 안타깝구나!"

모양으로는 명산이나 품고 있는 기운이 흉산인 이유가 있었다.

바로 눈앞의 바위가 문제였다.

'이 바위는 보기에는 작아 보이나 그건 일각에 지나지 않는다. 땅속에는 이보다 수 배는 더 큰 몸뚱어리를 감추고

있어, 이놈 때문에 천고의 명당이 힘을 쓰지 못해 흉지가
되어 버린 형국이니 참으로 애석하구나!'

활기 가득한 기맥이 지표 가까이 흐르는 능선을 생룡이라
하고, 능선을 따라서 흐르는 기맥이 어느 한 지점에 머물게
되니 그곳이 바로 혈이다.

바위는 정확히 혈의 입구를 짓누르고 있었다.

노인은 안타까운 얼굴로 다시 한 번 주변을 살폈다.

자신의 판단이 그른 것이기를 바라는 기색이 얼굴에 역력
했다.

하나 다시 살펴보아도 마찬가지였다.

"허허! 이놈만 아니라면 생룡의 기운을 받은 신룡이 천하
로 박차고 나가 자신의 웅지를 펼칠 천하의 명당 자리련
만……!"

노인이 안타까이 중얼거릴 때였다.

쩌저저저적! 쩌저적!

기이한 울림이 지저에서 들려왔다.

흡사 지옥의 틈새가 벌어지기라도 하는지 괴이하기 짝이
없었다.

그뿐이 아니었다.

돌연 천중에서 오색영롱한 서기가 바위를 향해 쏟아지니,
주변의 대기가 돌개바람을 일으키다 일순간 까마득한 허공
으로 용솟음쳤다.

무척이나 신비한 광경이었다.

"허어! 어찌 이런 일이? 그 어떤 시운도 이곳에서는 힘을 쓰지 못하니 신룡조차 잠룡으로 되돌려 버릴 흉지였거늘, 지맥이 변화하여 천문이 열리다니 어찌 이런 변괴가 있을 수 있단 말이냐!"

유숙의의 얼굴에 경악의 기색이 떠올랐다.

"스승님, 이제 어쩌지요?"

"이 바위를 이렇게 만든 사람을 찾아보아야겠다."

대체 얼마나 내려쳤으면 이리되었을까?

바위의 한쪽 면이 움푹 깎여 있었는데, 마치 쇠망치로 수백 번, 아니, 수천, 수만 번을 두들겨 놓은 것처럼 보였다.

바위가 혈을 짓누르고 있다는 것을 알고, 바위를 부수려 함이 분명했다. 그렇지 않다면 이런 산중에서 왜 이런 행동을 하고 있었겠는가.

"흔적이 사라지기 전에 어서 가자꾸나."

유숙의는 어린 제자의 손을 잡고 좀 전에 작은 인영이 넘어간 능선을 타고 오르기 시작했다.

다행히 오랫동안 사람이 지나다닌 흔적이 있었다.

그 사람이 오랫동안 이곳에 와서 바위를 내려쳤다는 것을 알 수 있었다.

반 시진이 지났다.

유숙의는 깊은 산중에 도착했다.

그의 앞에는 작은 분지가 자리하고 있었는데, 한가운데에 시커먼 늪이 형성되어 있었다.

유숙의는 일순 할 말을 잃어버릴 정도로 놀라고 있었다.

"스승님!"

어린 제자가 옷자락을 잡아당기자 퍼뜩 정신을 차린 유숙의는 이내 장탄식을 터트렸다.

"하아! 혈담이다. 생룡의 기운이 모두 이곳에 모여 있구나!"

혈의 입구를 짓누른 바위로 인해 제 길을 가지 못한 생룡의 기운이 눈앞에 보이는 검은 늪으로 모여들었다.

바위가 그 자리에 있었던 세월만큼 고여 있었을 것이니, 상상도 못할 생룡의 기운이 검은 늪 안에 넘쳐 났다.

하지만 눈으로 보면 그냥 평범한 늪일 뿐이었다.

여느 늪처럼 고요하기만 했다. 바람 한 점 들지 않아 후덥지근한 느낌마저 들었다.

'스승님 말씀이 이곳이 혈담이라고 했으니, 뭔가 특별한 게 있을 거야. 히히! 그것을 찾아내면 스승님께서 칭찬해 주실 거야.'

소동은 눈을 반짝거리며 검은 늪을 향해 다가갔다.

하지만 몇 걸음 다가서자마자 코를 움켜쥐고는 화급히 물러나야 했다.

"엑!"

콧속을 파고드는 고약한 냄새가 오장육부를 뒤집어 놓은 것 같았다.

검은 늪은 부토가 오랜 시간을 거쳐 생성된 것처럼, 검기가 칠흑보다 더하고, 냄새가 고약하기로는 절간의 측간보다 더했다.

"인석아! 기맥은 눈으로 볼 수 없으니 천지감응의 이치로써 헤아려야 한다고 누누이 일렀지 않더냐."

"눈으로 볼 수 있으면 더 좋잖아요. 헤헤!"

"범인의 눈으로 볼 수 있다면 누가 풍수와 지리를 공부하겠느냐."

유숙의는 어린 제자의 천진한 대꾸에 혀를 차며 다시 늪으로 시선을 돌렸다.

고요하게 가라앉아 있는 늪의 중심에 활기가 들끓고 있었다.

생룡의 기운이다.

신룡을 탄생시켰어야 할 기운이 이렇게 하릴없이 모여 있는 셈이니 어찌 탄식이 나오지 않을까.

'안타까운지고, 각처에 무장들이 난립하여 천하가 간웅과 효웅들의 각축으로 어지러운 시국이니 영호(英豪)들을 이끌고 난세를 평정할 신룡을 탄생시켰어야 하건만…… 음, 저건?'

탄식하던 유숙의의 눈이 이채를 띠었다.

늪지 한쪽에 사람의 발자국이 보였기 때문이다. 검은 자국의 모양으로 보아 늪 안에서 걸어 나온 것이 분명했다.

유숙의는 무언가에 이끌린 듯 발자국을 따라갔다.

"후아! 이곳이구나."

유숙의가 걸음을 멈춘 건 반 시진가량이 지난 후였다.

유숙의의 옷자락을 붙잡고 있는 어린 제자는 호기심 강한 눈으로 앞을 바라보았다.

두 사람의 앞에 두 채의 모옥이 그림같이 지어져 있었다.

졸졸 흐르는 작은 개울을 사이에 두고 서로를 바라보는 모습으로 지어져 있었다.

개울은 작은 못으로 모여들었다가 일부는 아래로 흐르고 있었다. 보잘것없을 정도로 작은 못이었지만, 주변 풍광과 묘하게 잘 어울려 제법 운치를 자아냈다.

숨을 돌린 유숙의는 허리를 폈다.

혈담에서 시작된 발자국은 중간에 사라져 버렸지만, 오랫동안 사람이 지나다녔던 흔적이 이곳까지 이어져 있었다.

"들어가자꾸나."

유숙의가 말했다.

한데 어찌 된 일인지 어린 제자가 옷자락을 붙잡고 버티는 게 아닌가.

"왜 그러는 게냐?"

"요괴가 사는 곳이면 어떡해요?"

묻는 얼굴에 불안감이 가득했다. 하긴 첩첩산중에 모옥이 그림처럼 지어져 있으니 겁이 많은 이라면 그리 생각할 만도 했다.

"풍수를 살피고 지기를 헤아리는 지관이라면 요괴가 사는 곳인지, 사람이 사는 곳인지 정도는 구별할 수 있어야 한다."

"그 말씀은 사람이 사는 곳이라는 건가요?"

"그렇단다."

"알았어요. 어서 가요. 사부님!"

소동이 씩씩하게 앞서 걸어갔다.

'아이들의 천진함이란……'

유숙의는 실소를 흘리며 어린 제자의 뒤를 따랐다.

한데 십여 걸음을 옮기기도 전이었다.

좌측에 있는 모옥 뒤쪽에서 작은 그림자 하나가 불쑥 튀어나왔다.

"우웩! 우웩!"

개울가에 걸음을 멈추고 구역질을 하는 소년.

놀랍게도 소년의 입가에는 시뻘건 피가 묻어 있었다.

"으악! 사부님!"

소동이 기겁하여 유숙의에게로 도망쳐 왔다.

유숙의 역시 놀라긴 마찬가지였다. 더 다가가지 못하고 두 눈만 휘둥그레 떴다.

소년은 이쪽을 향해 시선을 돌리다 다시 고개를 돌리고 구역질을 했다.

"우웩! 우웩!"

입으로 쏟아내는 건 없고, 헛구역질만 요란했다.

"누구요?"

돌연 늙수그레한 음성과 함께 머리색이 반백에 가까운 노인이 보옥 뒤쪽에서 걸어 나왔다. 덩치가 워낙 장대하여 순간적으로 위축이 들게 했다.

"사, 사부님, 요, 요괴 손에……."

어린 제자가 더듬거리다 유숙의의 옷자락에 얼굴을 파묻었다.

유숙의의 시선이 움직였다. 그리고 곧 두 눈이 화등잔만하게 커졌다.

장대한 체구의 노인이 손에 들고 있는 것은 핏물이 뚝뚝 떨어지고 있는 시뻘건 핏덩이였다. 게다가 노인의 입가에도 붉은 피가 가득 묻어 있었다.

유숙의는 저도 모르게 뒷걸음쳤다.

요괴가 사는 곳인지, 사람이 사는 곳인지 정도는 구별할 수 있었지만, 상황이 이러하니 심장이 덜컥했다.

"아, 이건 생간이라오."

"생, 생간!"

장대한 체구의 노인이 손을 불쑥 내밀며 다가오자 유숙의는 더욱 두려운 얼굴로 뒷걸음질 쳤다.

그에 장대한 체구의 노인이 걸음을 멈췄다.

"무슨 상상을 하는 건지는 모르겠으나 그런 것이 아니오. 난 단지 몸에 좋은 것이라 저놈한테……."

장대한 체구의 노인이 뭔가를 설명하고 있을 때 새로운

목소리가 끼어들었다.

"누가 왔는데 그러는 게냐?"

이번엔 머리털이 백설처럼 새하얀 노인이 걸어 나왔다.

백발의 노인 역시 체구가 장대했다. 한데 다가오는 중에도 무언가를 열심히 씹고 있었다. 무얼 씹고 있는지는 입가에 흘러내리고 있는 붉은 핏물만으로도 충분히 상상이 갔다.

분명히 몸에 좋은 것이라 소년한테서 꺼냈다고 하질 않았던가.

'요, 요괴다. 사람의 생간을 빼먹는 요괴였어!'

유숙의는 긴장이 극에 달해 심장이 벌렁거렸고, 두 다리가 후들거렸다.

"지나가다 우연히 들른 모양인데, 그냥 보낼까요?"

처음 나왔던 노인이 물었다.

유숙의는 제발 그렇게 해달라고 마음속으로 빌며 백발이 성성한 노인을 쳐다봤다.

하나 안타깝게도 백발이 성성한 노인의 고개가 좌우로 움직였다.

"아니다. 지친 걸음은 쉬고, 주린 배는 채워야 하지 않겠느냐."

유숙의의 머릿속에 주린 배를 채운다는 말이 절간의 범종 소리처럼 메아리쳤다. 거기에 요괴에 대한 상상력이 더해지자 두 다리에 힘이 쫙 빠져 버렸다.

'천, 천지신명이시여!'

"아, 정말 미안하외다. 손자 녀석한테 먹이겠다는 생각에 그걸 들고 갔으니, 그리 오해하실 만도 하지요."

생간을 손에 쥐고 손자를 쫓아 나왔던 노인이 미안한 얼굴로 말했다.

"아니면 된 게지요. 정말 아니면 된 겁니다."

유숙의는 멋쩍게 대꾸했다.

죽었다가 살아난 것 같거늘 무얼 다 바랄까.

얼마나 놀랐는지 식은땀이 흘러 지금도 등이 축축했지만, 그마저도 살아 있다는 증거이기에 달갑기 만했다.

그런 유숙의의 옆에서는 어린 제자가 아까부터 열심히 무언가를 으적거리고 있었다.

노루고기라고 했다.

일부는 지금도 돌판 위에서 지글거리고 있었다.

어린 제자는 맛있는지 손과 옷자락에 온통 기름을 묻혀가며 아주 게걸스럽게 먹어댔다.

그 모습에 유숙의는 배신감 비슷한 감정을 느꼈다.

'아이들의 무지각함은 정말······.'

잔뜩 겁먹을 땐 언제고, 일각 만에 전부 잊어버린 듯 저리 맛있게 뜯어 먹는단 말인가. 고기를 먹기 시작한 이후로 자신에게는 단 한 차례도 시선을 주지 않았다. 심지어는 드시라는 말도 하지 않았다.

'그렇게 맛있나?'

유숙의는 자신의 앞에 놓여 있는 잘 구워진 고기로 손을 뻗었다.

"한데 근처에 볼 일이 있으신 건지요?"

유숙의는 뻗었던 손을 흠칫 거둬들였다.

"아, 예."

유숙의는 머뭇거리며 눈앞의 사람들을 둘러보았다.

올해 열세 살 정도로 보이는 어린 소년.

이름은 소무열이라고 했다.

둥글둥글한 얼굴형에 오밀조밀한 이목구비가 무척 선한 인상이지만, 흑백이 뚜렷한 두 눈에는 총기가 엿보였고, 한 일자로 다물어진 입에서는 사내의 고집이 엿보였다.

다음은 소년의 아비 소철심.

한마디로 곰 같은 사내였다.

얼굴 생김이 우락부락한 건 아니지만, 전신에서 풍기는 기운이 곰처럼 드세고 우악하여 쉽게 눈길을 마주칠 수가 없게 했다.

하나 활짝 웃는 얼굴로 인사를 할 때는 그렇게 순박할 수가 없었다.

그리고 세 명의 노인들.

두 부자와 함께 모두 일가족으로 성은 소씨라고 했다.

한데 여기에 한 가지 놀라운 점이 있었다.

노인들의 정체가 놀랍게도 소년의 조부와 증조부 그리고 고조부라는 것이다.

생간을 가지고 소년을 쫓아 나왔던 노인이 조부였고, 이후에 나왔던 백발이 성성한 노인이 증조부였다. 그리고 고조부.

유숙의는 소년의 고조부라는 노인에게서 잠시간 시선을 떼지 못했다.

고손을 볼 때까지 살아 있다는 것도 놀라운데, 얼굴과 머리색이 증조부보다 더 젊어 보였다.

'생룡의 기운을 얻은 게야.'

무공을 익힌 고수가 큰 깨달음을 얻어 절대경에 오른다면 백오십 년이 아니라 이백 년도 산다고 했지만, 그런 경우가 아니라면 지금 눈앞의 상황을 설명할 방법은 생룡의 기운밖에 없다.

그것이 유숙의의 판단이었다.

"산을 넘는 중 우연히 발걸음하게 되었습니다. 그보다 한 가지 여쭤도 되겠습니까?"

"말씀하시지요."

유숙의가 묻자 소년의 조부인 소엽평이 고개를 끄덕이며 말을 받았다.

"혹여 무공을 익히셨는지요?"

"무공이요?"

"예."

묻는 유숙의의 얼굴에 기대의 빛이 역력했다.

물론 무공을 익힌 게 아니라는 대답을 바라는 눈빛이었다.

"그런 건 아닙니다만."

"역시!"

유숙의가 탄성을 지르며 자신의 무릎을 탁 쳤다.

노인들은 자신들이 무공을 익히지 않은 게 저리 소리를 지를 일이냐는 표정을 지었다.

"아, 미안합니다."

"다 그럴 만한 연유가 있겠지요. 어디 그 연유 한 번 들어봅시다."

무안해진 유숙의가 사과하자 소년의 고조부가 껄껄 웃으며 말했다.

유숙의는 고개를 한 차례 숙인 다음 자신이 이곳까지 오게 된 경위를 천천히 설명하기 시작했다.

산세가 범상치 않아 와 보았더니 천하의 명당 자리가 안타깝게도 흉지가 되어 있다는 것을 최대한 쉽게 풀어서 이야기했다. 그리고 혈담이 어떤 곳인지, 그곳에서 발자국을 따라 이곳까지 오게 되었다는 것과 소년의 고조부가 지금까지 정정한 것은 혈담에 가득한 생룡의 기운 덕분일 거라는 자신의 견해까지 차례로 이야기했다.

하나 지맥이 변화하여 천문이 열린 것에 대해서는 이야기하지 않았다. 이는 천기누설일 수도 있었고, 그것과 관련하여 이들에 대해 아무것도 알지 못했기 때문이다.

천문이 열린다는 건 신룡의 비상을 의미하는데, 신룡조차 잠룡으로 되돌려 버릴 흉지로 변한 지 이미 오래인 곳이니 단순히 천문이 열린 것이 아닐 수도 있었다.

'명당이 흉지가 되고, 흉지에서 신룡이 비상하고……!'

유숙의는 머리가 혼란스러웠다.

반면 이야기를 다 듣고 난 소씨 사내들은 크게 기뻐했다.

소씨 가문에 내린 축복이 어떠한 것인지를 알았기 때문이다.

하나 그들을 바라보는 유숙의의 얼굴에 언뜻 의혹이 스쳤다. 문득 미심쩍은 의문 하나가 떠올랐기 때문이다.

'아무리 생룡의 기운이라 하더라도 범인은 그 기운을 제대로 흡수하지 못할 텐데…… 그렇다는 건 이들이 하늘이 내린 범상치 않은 사람들이거나 생룡의 기운을 흡수할 수 있는 운기토납법(運氣吐納法)을 익혔다는 것을 의미한다. 과연 어느 쪽일까?'

무공을 익히지 않았다는 말을 들었지만, 지금은 그 말을 곧이곧대로 믿을 수가 없다. 사람을 불신하는 성격이어서가 아니라 정황이 그러했다.

"우리가 알지 못하던 사실을 알려주어 고맙구려."

"별 말씀을 다 하십니다."

고조부의 인사에 정중히 대꾸한 유숙의는 소씨 사내들을 다시 한 번 살펴보았다.

체구가 정말 큼지막하다는 것을 제외하면 전형적인 순박한 산골 사람들의 모습이었다.

하늘이 내린 사람들이라고 여기기에는 대단한 뭔가가 엿보이지 않았다. 그렇다고 무공을 익힌 사람들이라고 여기기에도……

돌연 유숙의의 눈에 경악의 빛이 떠올랐다.

'뭐, 뭐지? 이 사람들, 숨을 쉬지 않고 있다!'

숨소리는커녕 가슴과 배가 움직이지도 않았다.

유숙의는 숨조차 크게 내쉬지 못하고 소씨 사내들에게서 시선을 떼지 못했다.

그것도 잠깐, 유숙의의 경악은 곧 이상 야릇함으로 변했다.

'아니다. 숨을 쉰다. 한데 정말 느리다. 아니, 가늘다. 아니, 느리다고 해야 하는 건가?'

자세히 살펴보니 가슴과 배의 기복이 있었다. 아주 느릿하게 움직이고 있어 움직이지 않는 것으로 착각했던 것이다.

'저건 범인의 호흡이 아니다. 운기토납이야. 운기토납이 분명해.'

유숙의는 이제 모든 게 말끔히 정리가 된 느낌이었다.

눈앞의 사람들은 운기토납으로 생룡의 기운을 받아들인 것이다. 하니 저렇게 건강한 모습으로 백이 넘도록 장수할 수 있는 것이다.

하지만 그는 한 가지 사실을 간과하고 있었다. 지금 눈앞의 사람들은 운기토납을 하면서도 평상시처럼 말을 나누고 행동을 하고 있다는 것이다.

'이들은 무인이야. 자신들이 무공을 익혔다는 것을 알리고 싶지 않아 해. 하니 내가 눈치챘다는 것을 들키면 곤란을 겪게 될 거다.'

자신 혼자라면 상관없다. 하지만 자신의 곁에는 어린 제자가 있었다. 무슨 일이 있어도 자신이 지켜주어야 할 아이였다.

이곳에 머물면서 산세와 혈담을 좀 더 자세히 살펴보고 싶었다. 또한 지맥이 변화하여 천문이 열린 게 맞는지 다시 한 번 확인해 보아야 했다.

하나 눈앞의 사람들이 무인이라는 사실을 알게 된 이상 이곳에 머무를 수는 없다.

'자고로 무인들과 엮여서 좋을 게 없다. 특히 무언가를 감추려드는 무인들과 얽혔다가는 십중팔구는 그 끝이 좋지 않다.'

유숙의는 아쉬웠다. 하나 일단은 이곳을 빠져나가는 게 우선이었다.

"우리가 무공을 익히지 않은 건 사실이라오."

소년의 고조부가 뜬금없이 말했다.

유숙의는 화들짝 놀랐다.

'들켰구나!'

시시각각 변화는 얼굴 표정을 읽은 게 틀림없었다.

"벽촌에 사는 무지렁이라 세상 돌아가는 이치를 잘 알지 못한다오. 하나 한 가지는 알고 있지요."

고조부의 말에 유숙의는 놀람을 감추고 가만히 기다렸다.

고조부는 웃으며 계속 말했다.

"무인들과 잘못 엮였다가는 피 보기 십상이라는 것쯤은 촌무지렁이들이 더 잘 아는 법이라오."

이 말을 하는 이유가 뭘까?

유숙의는 다음 말을 기다릴 수밖에 없었다.

"선생이 우리들에 대해 좋지 않은 쪽으로 단단히 오해를 하는 것 같으니 굳이 감추지 않을까 하는데 들어보시겠소? 물론 싫으시다면 그냥 이곳을 나가셔도 좋소."

이런 경우에는 어떻게 해야 할까?

그냥 나가도 좋다고 하니 제자를 데리고 나가 버릴까?

그리하면 아무런 해코지도 하지 않을까?

아니, 그것보다 무슨 사연이 있는 걸까?

유숙의의 고민은 오래가지 않았다.

"경청하도록 하겠습니다."

◆　　◆　　◆

무열은 집으로 달려갔다.

깊은 산중에 있는 두 채의 모옥은 할아버지들께서 기거하는 곳이고, 무열이 부모와 함께 기거하는 집은 산 아래에 있었다.

"손님?"

"예. 지관이시라는데, 뭘 하시는 분인지 잘 모르겠어요."

"묏자리를 보시는 분이다."

"묏자리요?"

"그래. 산을 보고 땅을 살피어 묏자리, 집터로 좋은 자리를 찾아내는 게 지관의 일이다."

무열은 모친의 말에 알겠다는 듯 고개를 끄덕였다.

"하면 조반은 그곳에서 드시겠다더냐?"

"이미 드셨어요. 아버지께서 노루 한 마리를 잡아오셔서 생간을 드셨고, 고기도 구우셨거든요. 손님이 오셔서 술까지 드시겠다고 하니 밥 생각은 안 하실 거예요."

무열의 부친이 사냥에서 돌아온 건 이른 아침이었다. 사냥을 떠난 지 열흘 만에 돌아왔다.

소씨 남자들의 범잡이 기술이 워낙 뛰어나 인근엔 범이 존재하지 않았다. 하여 범잡이를 나갈 땐 멀리 원정을 나가야 했다.

"이건 아버지께서 엄마 갖다드리라는 했어요."

무열이 큼지막한 보퉁이를 내밀었다.

부친이 사냥에서 돌아올 때면 으레 가져오는 것이니 열어보지 않아도 안에 무엇이 들어 있는지 잘 알고 있었다.

사냥한 범을 판 은자와 어머니를 위한 선물이다.

범 가죽은 워낙 고가인데다 소씨 사내들이 사냥한 범은

상처가 하나 없어 더 고가에 팔렸다. 하니 보퉁이 안에는 상당량의 은자가 들어 있다. 일 년은 족히 생활할 금액이다.

무열은 마치 자신이 벌어온 것마냥 기분 좋은 미소를 지었다.

"고조할아버지께서 다음엔 아버지를 따라가는 게 좋겠다고 하셨으니까, 그때는 내가 큰놈으로 잡아서 은전을 많이 갖다드릴게요."

보퉁이를 받아든 모친이 흠칫한 반응을 보였다.

"아버지께서도 허락하셨더냐?"

"아직이요. 그래도 고조할아버지께서 말씀하셨으니까, 그렇게 될 거예요."

무열의 대답에 모친의 얼굴에 수심이 차올랐다.

한참 전부터 고조부께서 무열이 범잡이 일을 할 때가 되었다고 말하고 있다는 것을 알고 있었다. 마른하늘에 날벼락이 떨어지는 것 같았는데, 다행히 증조부와 조부께서 극구 만류해 주셨다.

무열의 나이 열다섯이다.

유숙의가 열세 살 정도로 본 건 소씨 혈통답지 않게 너무나 왜소한 체구 때문이었다. 제 또래들보다 한 뼘 정도는 작을 정도이거늘 어찌 범잡이 일에 내보낼 수가 있겠는가.

그것이 고조부와 무열을 제외한 모두의 공통적인 생각이었다.

"그렇게 좋으냐?"

"저도 소씨 남자예요."

무열이 제 가슴을 쾅쾅 두드리며 의기양양 말했다.

모친은 고개를 서으며 타이르듯 말했다.

"내 생각엔 내후년 쯤 시작해도 좋을 것 같구나."

"아버지와 할아버지들 모두 제 나이 때에 시작하셨어요."

"그거야……."

모친은 네가 작아서 그렇다고 말할 수가 없어 말문이 막혀 버렸다.

"알아요. 제가 키도 작고, 덩치도 작다는 걸."

무열의 표정이 급격히 어두워졌다.

부친과 할아버지들처럼 체구가 커지고 싶어 얼마나 먹어 댔던가. 또래들보다 두세 배는 더 먹었다. 그런데도 키가 자라는 속도는 굼벵이처럼 더디기 만했다.

"무열아……."

모친이 나직이 불렀다.

무열은 언제 그랬냐는 듯 얼굴을 활짝 폈다.

"괜찮아요. 키는 작지만, 그래도 잘할 수 있어요. 이미 배울 건 다 배웠잖아요. 또 아버지보다 제가 더 빠르니까 걱정하지 않으셔도 되요. 지난번에는 이리도 잡아 왔잖아요."

무열이 몇 달 전에 이리를 잡아온 적이 있었다.

나이 들고 상처 입은 상태로 무리에서 이탈한 놈이었는데, 잔뜩 굶주렸는지 게거품을 물고 달려들었다.

무열은 수중의 목도로 놈의 두개골을 부숴놓았다.

살쾡이도 울고 갈 정도로 몸놀림이 잽싸고, 왜소한 덩치와는 다르게 제 아비만큼이나 힘이 장사인 무열이었다.

하니 이리 한 마리 정도가 어찌 상대가 되겠는가.

"범은 다르지 않느냐."

"저도 달리 상대해 주죠, 뭐."

무열이 씩 웃었다.

자신에 찬 미소였지만, 모친의 눈에는 경솔해 보여 걱정만 늘어났다.

"하아! 알았으니 술이나 가져다 드리거라."

"예. 다녀올게요."

무열은 신이 난 모습으로 부엌으로 사라졌다.

♦   ♦   ♦

무열이 돌아오자 가장 반긴 것은 역시나 조부였다.

술을 가장 좋아했기 때문이다.

"이리다오."

"고조부님은요?"

"네 아비가 사온 서책들 가지고 안으로 들어가셨다."

소씨 사내들은 벽촌에 사는 사람들답지 않게 글을 알았다.

수련하는 바위가 부서지기 전까지는 결코 멈추지 말라고

했다는 선대의 할머니께서 글을 가르쳐 주신 게 대를 이어
져 왔다.

소씨 사내들은 대대로 무열의 증조부나 고조부처럼 범잡
이 일을 그만두면 소일거리를 찾아 궁리하다 결국엔 서책을
가까이하게 되었다.

대대로 구해온 서책이 고조부가 기거하는 방에 수백 권이
었다. 무열도 그중 절반 정도는 읽었다.

"이거 가져다 드릴까요?"

"놔 두거라. 글을 읽을 때는 술을 입에 대지 않는 게 좋
은 법이니라."

"예."

무열은 대답한 후 술단지들을 내려놓고, 조부가 기거하는
모옥으로 바람처럼 달려가 술잔들을 가져왔다.

유숙의는 날렵하기 짝이 없는 무열의 움직임에 넋을 놓았
다.

한 걸음에 일 장을 넘게 뛰어다니는 모습은 범인이 흉내
조차 낼 수 없는 것이었다. 빠르기는 어찌나 빠른지 산중의
살쾡이가 순식간에 휙 지나가는 것 같았다.

"정말 무공을 배우지 않은 게 맞소?"

"선대가 구해온 서책들 중에 시중에 흔히 떠도는 무서가
있었소. 그걸 연구하신 분이 계셔서 저리된 거요. 몸놀림이
좀 빠를 뿐이라 딱히 무공이랄 것도 없을 거요."

무열의 조부, 소엽평이 별거 아니라는 듯 대답했다.

하나 유숙의가 보기에는 별거 아닌 게 결코 아니었다.

'저 정도면 무림에서 어느 정도 수준에 해당할까?'

유숙의는 궁금해졌다.

하나 평소 무인들 근처에는 얼씬도 하지 않은 탓에 무공에 대해 아는 바가 적었다.

"자, 자, 이것도 인연이니 술이나 한잔합시다."

소엽평이 술잔을 들었다.

유숙의 역시 술잔을 입으로 가져갔다.

'이들은 정말 놀라운 사람들이로구나.'

범에 당해 죽을 위기에 처한 선대가 도력이 경지에 오른 도장을 만난 덕에 구명지은을 입었다고 했다. 물론 이들이 흑지라 부르는 혈담이 없었다면 살 수가 없었겠지만, 도장을 만나지 못했어도 마찬가지이니 실로 하늘의 뜻이 아니고 무엇이겠는가.

'하면 지맥이 변화하여 천문이 열린 것도 하늘의 뜻이라는 말인가? 아니, 그건 둘째 치고 내가 본 것이 정말 천문이 열린 것이 분명하다면 바위를 두들겨 지맥을 변화시킨 것이 이들이니…… 맙소사! 천문을 연 건, 바로 이들이지 않은가?'

유숙의는 경악하여 술잔을 떨어트리며 자리에서 벌떡 일어나고 말았다.

"간질병이라도 있소? 어째 그리 불쑥거리는 게요?"

"아, 아니외다."

유숙의는 자신의 생각을 입 밖으로 꺼내지 못하고 자리에 앉았다.

"드시오. 며늘아기가 곡주 하나만큼은 기가 막히게 잘 담근다오."

소엽평이 다시 술을 채워주었다.

유숙의는 술잔을 곧장 입으로 가져가 벌컥 마셨다.

'도대체 이 사람들은…… 뭐냐?'

제2장

넌 용이야. 바람이 아니라 용이야

무열은 꿔다놓은 보릿자루 같았다.

부친은 술자리를 만들어준 후 집으로 내려갔고, 고조부는 방에서 나올 줄을 몰랐다. 증조부는 무슨 생각을 하시는지 저쪽에서 작은 못 안을 들여다보고 계셨다.

유숙의의 제자인 소동은 산행이 힘들었던지 쌔근거리며 자고 있었다.

무열은 무얼 할까 망설이다 목도를 들고 자리에서 일어났다.

"무열이는 나 좀 보자꾸나."

저쪽에서 증조부가 불렀다.

무열은 잽싸게 달려갔다.

"무열아!"

"예."

"무릇 숨 쉬는 모든 것들은 태어나 살고 죽는 것이 당연한 이치임을 알고 있느냐?"

"예."

"꽃이 피었다가 지듯이 사냥당한 짐승들 역시 제 삶을 살다 가는 것이니 거기에 연연할 필요가 없음도 아느냐?"

"예."

"농사꾼은 곡식을 거둬들여야 하고, 약초꾼은 약초를 꺾어야 하듯이 사냥꾼은 짐승의 목숨을 끊어야 한다. 그게 업이다. 아느냐?"

"예. 잘 알고 있어요. 불필요한 살생만 아니라면 업은 업일 뿐이니 개의치 않아도 된다고 하셨어요."

"고조부께서 말씀하셨더냐?"

"예."

"쯧쯧! 뭐가 그리 급해서, 하여간 빨리도 가르쳤구나."

증조부가 혀를 차며 고개를 저었다.

간만에 증손에게 아는 체 좀 하려고 했더니, 초장부터 글러 버렸다.

"또 뭐라고 하시더냐?"

"범을 만나거든 좀 커다란 고양이 새끼일 뿐이니, 두려워 말고 한 방에 잠재워 버리라고 하셨습니다."

"그게 다냐?"

"예."

"그렇게 내보내려고 안달이셨으면 좀 더 제대로 가르치시지 않고. 쯧쯧쯧!"

증조부는 마치 고조부가 들으라는 듯이 모옥을 향해 중얼거렸다.

무열은 귀가 밝은 고조부이니 틀림없이 듣고 있을 거라는 걸 알았다.

무열의 그런 생각은 틀리지 않았다.

"망할 놈아! 세세한 건 아범이 잘 가르쳐 줄 것이 아니더냐!"

고조부가 모옥 안에서 버럭 소리를 질렀다.

증조부는 뭐라고 하려다가 손님도 있는데다 딱히 틀린 말도 아닌지라 그만두었다.

증조부는 다시 무열을 바라보았다.

"목도를 들어보아라."

무열이 목도를 들어 올렸다.

길이가 석 자가 넘는 제법 커다란 목도였다.

"제아무리 큰놈이라 하더라도 목도와 네 팔 길이를 합친 것보다 앞발이 길지 않는다. 무슨 뜻인지 알겠느냐?"

"겁먹지만 않는다면 질 수가 없다는 말이죠?"

"오냐! 네 힘이라면 한 방에 잠재울 수 있을 것이니 겁먹지 말고 놈의 대가리에 제대로 한 방 먹이거라. 그러면 된다."

누군가가 들었다면 황당하여 어처구니가 없다는 표정을

지을 일이다.

이제 열다섯에 불과한 소년에게 목도만으로 범을 한 방에 잡으라고 하니 어찌 그렇지 않겠는가. 게다가 무열의 외모는 이제 열셋 정도로 보였다. 하니 누가 보아도 말도 안 되는 일이었다.

무가에 태어나 정식으로 무공을 익혔다고 하더라도 열셋의 나이에 범을 잡는다는 건 상상도 할 수 없는 일이었다. 열다섯이라 하더라도 크게 다르지 않다.

특히 진전이 더딘 정파의 무공을 익힌 이들이라면 더욱 그러했다.

하나 무열은 씩씩하게 대답하며 목도를 머리위로 한껏 쳐들었다가 단숨에 내리 휘둘렀다.

쉬아아아악!

파공음이 요란했다.

멀찍이 떨어져 있던 유숙의가 깜짝 놀라 돌아볼 정도였다.

"오늘 따라 힘이 넘치는구나. 혹여 몸 안의 바람을 보았더냐?"

"예."

무열의 대답에 증조부는 역시라는 표정을 지었지만, 내심 한편으로는 놀라워하고 있었다.

'확실히 무열이가 빠르구나. 스물은 되어야 바람을 느낄 수 있을 터인데…… 근자에 제 아비만큼이나 힘이 세졌던

게 이 때문이었던 게구나.'

세상의 이치가 빠르다고 하여 다 좋은 건 아니다. 하나 지금 무열의 경우는 빠를수록 좋다.

바람이 불었다는 것은 몸속의 기운이 염(念)을 생성했음을 의미하기 때문이다.

"이리 앉아 보거라."

무열이 앉자 증조부는 손가락으로 무열의 하단에서 시작하여 혈도들을 하나씩 짚어나갔다.

"너도 알다시피 여기가 그놈의 집이다. 항상 이곳에 머무르도록 일러주어라. 그리고 이 길은 바람이 좋아하는 길이니 잊지 말고, 하루에 한 번씩 맘껏 돌아다니도록 해주어라. 그리하면 바람은 너와 함께 성장하게 될 게다."

무열이 잊지 않도록 세 차례 반복하여 혈도들을 짚어주었다.

무열은 알았다는 듯 고개를 끄덕였다.

'그냥 바람이 아니에요. 돌개바람이에요. 제 몸속엔 돌개바람이 있어요. 헤헤헤!'

몸속의 돌개바람을 떠올리자 하단에서 한 차례 출렁하는 느낌이 일어났다.

무열은 기분 좋은 미소를 지었다.

한편 소엽평과 유숙의는 제법 많은 이야기를 나누었다.

유숙의가 묻고 소엽평이 대답하는 형식이라 대부분 소씨

일가에 관한 이야기였다.

소엽평은 유숙의가 마음에 들어서인지, 아니면 소씨 일족에 내린 축복에 대해 알려준 것이 고마운 때문인지 감추지 않고 묻는 대로 술술 대답해 주었다.

"하면 정말 무공다운 무공을 익힌 건 아니구려?"

"내 말하지 않았소. 선대가 구해온 서책들 중 시중에 흔히 떠도는 무서가 있었고, 그걸 연구하신 분이 계셔서 빨리 움직이는 법을 터득했고, 기본적인 혈도들에 대해 알고 있을 뿐, 딱히 무공이랄 것도 없다고 말이오. 좀 전에 무열이 놈이 보여주었던 게 우리가 가진 도법의 전부이니 말 다했지 않소. 그렇다고 무시하지는 마시오. 그것만으로도 어중이떠중이 같은 낭인들은 상대가 되지 못했으니까."

"무시라니요, 그럴 리가 있겠소? 훌륭하외다. 충분히 훌륭하고 말고요."

진심이다.

무열이 목도를 휘두를 때 들렸던 바람 소리.

아직도 귓가에 남아 있었다.

그건 쉽게 무시할 정도가 아니었다.

등골을 서늘하게 만드는 전율이 엄습할 정도였다.

"또 수련하러 가는 게냐?"

소엽평이 갑자기 외쳤다.

유숙의가 시선을 돌려보니 무열이 어딘가로 향하다 말고 이쪽을 향해 목도를 들어 보이며 '예.' 라고 짧게 대답했다.

"다녀오너라. 집에는 내려가지 말고!"

"저도 그쯤은 알아요."

뭘 안다는 건지, 무열은 곧 총총히 사라졌다.

"알아? 녀석, 다 컸군."

소엽평이 껄껄 웃었다.

이때 유숙의는 잊고 있었던 것이 퍼뜩 떠올랐다.

"혹시 수련하는 곳이 저 능선 너머에 있는⋯⋯."

"맞소. 거기 커다란 바위가 하나 있는데, 여섯 대 전인가? 하여간 까마득한 선대의 할머니께서 그 바위를 부수기 전에는 수련하는 걸 그만두지 말라고 하셨다오."

"하면 오늘 아침에도 무열이가 그 바위를 내려치고 있었소?"

"그랬을 거요. 오 년 전부터는 무열이 혼자서 수련을 해왔으니까."

소엽평의 대답에 유숙의의 시선이 무열이 사라진 곳으로 향했다.

'내가 본 것이 천문이 열린 게 맞다면 신룡은 바로⋯⋯ 무열이다.'

유숙의는 놀라움을 금할 수가 없었다.

◆　◆　◆

소철심은 열흘 만에 부인을 품에 안았다.

간만에 부부지정을 나누고 나니 품 안의 부인이 더없이 사랑스러웠다.

"다음번엔 무열이를 데려갈 건가요?"

"그렇게 할까 생각 중이오."

"아직 어린데……."

"괜찮을 거요."

나름 장담하듯 말했음에도 부인의 표정이 펴지지 않자 소철심은 말을 덧붙였다.

"무열이가 나보다 빠르오. 힘 역시 나에 못지않소. 경험이 없다는 게 문제이지만, 내가 한시도 곁에서 떨어지지 않을 것이니 염려 놓아도 되오."

"일 년만이라도 늦추는 게 어떨까요?"

"눈치를 보니 이번엔 증조부께서 그냥 물러나지 않으실 것 같소."

소철심에게 증조부이니 무열의 고조부를 말함이다.

가장 어른이 고집을 꺾지 않는다면 방도가 없다.

"조심, 또 조심해 주세요."

"우리 소씨 가문의 팔대독자를 허술하게 지키겠소? 염려 마시오."

소철심은 그렇게 위안을 주며 부인의 알몸을 더듬었다.

"또요?"

"내일부터는 무열이 놈 눈치 보느라 손 한 번 잡기도 쉽지 않으니, 지금 기회가 있을 때 몸이 닳도록 안아봅시다."

소철심은 부인의 알몸 위로 몸을 실으려고 했다.

하나 세상일이란 뭐든 마음대로 안 되는 법이라고 했다.

소철심은 갑자기 행동을 멈췄다.

"부인, 아무 말 말고 조용히 옷을 걸치시오."

소철심은 놀란 눈을 휘둥그레 뜨는 부인을 향해 조용히 하라는 의미로 자신의 입에 손가락을 대어 보인 후 천천히 옆으로 물러나와 자신의 옷을 걸쳤다.

그리고 방문 앞에 바짝 다가앉아 바깥의 동정을 살피더니 이내 문을 열고 밖으로 나갔다.

"날 보러 온 거요?"

싸리문 앞에 한 사람이 서 있었다.

소철심처럼 범잡이 일을 하는 추대랑이라는 자였다.

하나 동료라고 할 수는 없었다. 어쩌다 마주치면 소 닭 보듯 하던 사이였기에 소철심을 찾아올 이유도 없었다.

"생각보다 집이 보잘것이 없군."

"시비를 걸려고 온 거라면 사나운 꼴을 당하기 전에 그냥 돌아가는 것이 좋을 거요."

"그간 네놈이 잡은 범 가죽에는 상처가 하나도 없어 상당한 양의 은자를 번 걸로 아는데, 그 많은 은자는 어찌하고 이런 데서 살고 있지?"

소철심의 얼굴이 더욱 굳었다.

추대랑의 방문 목적이 무엇인지 알았기 때문이다.

"모두 나오라고 하지?"

소철심의 말에 추대랑이 음흉한 미소를 지으며 손을 들었다. 그러자 삼십여 명의 장한들이 모습을 드러냈다.

하나같이 인상이 험악했고, 손에는 날이 시퍼런 육도를 하나씩 움켜쥐고 있었다.

"육도방과 놀아난다더니 그것이 사실이었군."

"두 가지만 내놓으면 조용히 물러가주지. 하나는 그동안 모아 둔 은전이고, 또 하나는 상처 하나 없이 범을 잡는 방법이다."

추대랑이 말하는 동안 소철심의 눈은 육도방의 무리들을 훑었다.

'서른셋!'

숫자가 너무 많았다.

자신 혼자라면 상관없으나 방 안에 내자가 있었다.

소철심은 생각과 동시에 결정을 내렸다.

"뭐하는 겐가? 손님이 왔으니 술상이라도 차리지 않고!"

소철심이 외치자 방문이 열렸다.

무열의 어미가 얼굴을 내밀고 밖으로 나오자 추대랑을 비롯하여 육도방 무리들의 시선이 그쪽으로 쏠렸다.

순간, 소철심이 손을 뻗었다.

"막아!"

추대랑이 눈치를 채고 외쳤다.

하나 장대한 체구와는 달리 소철심의 행동은 민첩하기 이를 데 없었다.

무열의 어미를 낚아채 단숨에 떠안더니 모옥을 두르고 있는 싸리로 엮은 울타리를 한 걸음에 뛰어넘었다.

　울타리 너머에도 몇몇이 있었으나 워낙 창졸지간에 일어났고, 단숨에 코앞까지 육박한 탓에 육도 한 번 휘둘러 보지 못하고 소철심의 발길질에 저만큼 나뒹굴고 말았다.

　삐이이이익!

　산으로 도주하는 소철심의 입에서 휘파람이 길게 울렸다.

　"멍청한 놈들! 빨리 쫓아!"

　추대랑이 외쳤고, 서른이 넘는 숫자가 소철심의 뒤를 우르르 쫓아갔다. 손에는 육도가 시퍼런 날을 번뜩이고 있었다.

◆　　◆　　◆

　쉬아아아악!

　쿠——웅!

　대기를 가른 목도가 벼락처럼 작렬하자 육중한 타격음이 터졌다.

　놀라운 일이다.

　이 정도 크기의 바위라면 건장한 어른이 목도를 휘둘러도 대개 '딱!' 소리가 나는 게 일반적이다.

　쿠——웅!

　무열이 다시 목도를 휘둘렀다.

어쩌다 나온 소리가 아니라는 것이 증명되었다.

하나 무열은 목도를 멈추고 고개를 갸웃했다.

소리가 조금 달랐기 때문이다.

고개를 들고 세심히 살펴본다면 미세한 실금이 가 있다는 것을 알 수 있었다. 완전히 부서지지 않았다 뿐이지, 바위는 이미 두 쪽으로 쪼개졌다.

그렇지만 무열은 고개를 저으며 자세를 잡았다.

기분 탓이라 여긴 것이다.

쿠웅! 쿵! 쿠——웅!

무열은 계속 목도를 휘둘렀다.

커다란 울림이 산중을 메아리쳤다.

무열은 태산처럼 굳건한 모습으로 최선을 다해 목도를 휘둘렀다. 진지하다 못해 숙연함이 느껴질 정도였다.

일도 일도에 온 정신을 집중하여 그가 아는 가장 빠르고, 가장 강력한 일도를 내리그었다.

반 보 앞으로 내민 오른발.

살짝 비틀어진 허리.

곧게 뻗은 두 팔.

온 근육이 잔뜩 머금고 있는 열기가 일시에 폭발하며 강력한 경력을 뿜었다.

쿠——웅! 쿠웅! 쿠——웅!

무열은 호흡 한 번 흐트러트리지 않고 계속 목도를 휘둘렀다. 그때마다 바위는 거대한 울림을 토했다.

눈썰미가 좋은 사람이라면 지금 무열의 몸 주위로 기이한 열기가 일렁이고 있다는 것을 알 수 있을 터였다.

목도를 휘두를 때마다 무열의 몸에서 미약한 열기가 확 뿜어지고 있었던 것이다.

대략 반년 전부터였다.

목도를 휘두를 때 몸 전체가 뜨거워지고, 목도가 바위를 후려친 순간엔 뭐라 형언할 수 없는 시원함이 느껴졌다.

지금은 그때 처음 느꼈던 경이로움은 사라지고 없지만, 간단한 일도에 전신의 신경과 근육이 들썩이는 건 여전했다.

그 짧은 순간 잔뜩 들끓었다가 일시에 쏟아내니, 무열은 희열과도 같은 그 상쾌함이 좋았다.

왜 이런 현상이 일어나는지는 알 수 없으나 범상치 않은 것임은 분명했다.

"후욱! 후욱!"

무열의 목도가 멈추어진 건 한 시진이 훌쩍 지나서였다.

거친 숨을 내뱉는 무열.

얼굴 표정이 무척 밝았다.

'좋았어. 이번엔 백 번을 더 휘둘렀다.'

오늘 처음으로 이천 번에 백 번을 더 추가했다. 그래서 평소보다 훨씬 더 기분이 좋았다.

"이걸 부술 수 있을까?"

무열은 눈앞의 거대한 바위를 쓰다듬었다.

어느 천 년에 부술 수 있을까 싶을 정도로 크고 단단했다.

하지만 꼭 해내고 싶다.

바위를 부수면 넓은 세상으로 나갈 수 있다고 했으니까.

일 년에 한 번씩 들르는 소금장수 아저씨에게 들은 이야기대로라면 도회지는 그야말로 별천지였다.

작년에 딱 한 번 먹어보았던 당과가 수레에 가득하다고 했다. 저자에 가면 온갖 별미들이 산더미처럼 쌓여 있다고 했다.

셀 수도 없을 정도로 많은 사람들이 바글거린다고 했다.

그 사람들 중에는 영웅협객들이 있어 흉악한 마두들을 물리치고 사람들을 지켜준다고 했다.

영웅협객.

열다섯 살 무열에게는 막연한 동경의 대상이었다.

바위를 부수고 세상 밖으로 나가고 싶은 가장 큰 이유였다.

"자, 다음은 흑지로 가볼까."

무열은 즐거운 표정을 지으며 자리를 떴다.

잠시 후, 무열은 흑지에 도착해 있었다.

그의 선대가 발견하여 대대로 몸을 담가 온 검은 늪이었다.

고약한 냄새가 코를 찔렀지만, 무열은 아무렇지도 않은 듯 인상 한 번 찌푸리지 않고 흑지 속으로 들어가 얼굴만 내놓은 채 가부좌를 틀고 앉았다.

'어디 오늘은 얼마나 세졌는지 볼까?'

무열은 지그시 두 눈을 감고 가만히 자신의 안에 의식을 집중했다.

몸 안은 열탕의 열기처럼 이글거리고 있었다.

바위를 향해 목도를 휘두르고 왔기 때문이다.

대략 반년 전부터였던 것 같다.

목도를 휘두를 때 몸 전체가 뜨거워졌다. 목도가 바위를 후려친 순간엔 뭐라 형언할 수 없는 시원함이 느껴졌다. 그리고 목도를 휘두르려 하면 다시 뜨거워지고.

무열은 신기하기도 하고, 걱정도 되어 할아버지에게 물어보았다.

왜 그러는지는 할아버지도 모른다고 하셨다.

다만 할아버지께서도 그랬다고 하셨다. 증조부와 고조부께서도 그랬다고 하셨다.

괜찮단다. 어느 분도 그 일로 몸이 상하지 않으셨단다.

그러면서 말씀하시길.

"흑지에 몸을 담글 때마다 네 안을 들여다보거라. 네 나이 스물쯤 되면 뜨거운 기운이 하나 되어 바람이 불 때가 있을 게다. 그 바람을 놓치지 말거라."

몸속에 바람이 불 거라고 하니 참으로 신기했다.

하여 그게 무슨 바람이냐고 물었더니, 할아버지께서는 머리를 쓰다듬어 주시며 말씀하셨다.

"허허허! 네 바람이란다."

할아버지께서는 스물쯤 되면 바람이 불 거라고 했지만, 무열이 그 바람을 발견한 건 이미 한 달 전이었다.

올해 열다섯이니 부친이나 할아버지들보다 오 년이나 빠른 것이다.

'어딨지?'

무열은 자신의 안을 살피며 바람을 찾았다.

그러자 화답하듯 바람이 불었다.

아랫배 깊숙한 곳에서 뛰쳐나온 돌풍이 몸 곳곳을 휩쓸며 이글거리는 열기를 머금고 점차 열풍이 되어갔다.

거기에 흑지가 전해준 시원한 기운이 몸 안으로 스며들어 몸속을 누비는 열풍과 어우러졌다.

어디에서 시작되어 어디로 가는가.

무열은 기분 좋게 바람의 뒤를 따랐다.

창공을 누비는 바람이 되었다.

'날고 싶어. 푸른 용이 되어 하늘을 맘껏 날아다니고 싶어.'

무열이 전설 속의 용을 떠올릴 때였다.

몸 안의 바람이 멈추었다. 그리고는 무열의 의식을 빤히 쳐다보았다.

적어도 무열이 느끼기에는 그랬다.

'……?'

무열이 놀람을 감추지 못하는 순간.

바람의 형체가 변했다.

그저 거센 돌풍이라고만 여겼기에 형체라고 할 것도 없었던 것이 투명한 용의 형상이 되었다.

무열은 분명하게 그걸 알 수 있었다.

'그래. 넌 용이야. 바람이 아니라 용이야. 내 안에 사는 용.'

무열은 활짝 웃었다.

그러자 용이 화답하듯 한 차례 용틀임을 하더니 이내 몸 안을 누비기 시작했다.

무열은 용과 하나되어 몸 안을 맘껏 날아다녔다.

◆　◆　◆

추대랑은 초조해졌다.

소철심과의 간격이 점점 벌어지고 있었기 때문이다. 순식간에 수십 장 간격으로 벌어졌다. 이대로는 놓칠 게 불을 보듯 뻔했다.

'이러다 놓치는 거 아냐?'

삼십여 명이나 동원했음에도 이대로 놓치고 만다면 돌아가 방주한테 무슨 꼴을 당할지 모른다.

추대랑은 달리던 것을 멈추고 등에서 활을 풀어 살을 쟀다.

그리고 망설임 없이 시위를 놓았다.

피―이이이이잉!

범잡이로 나름 명성을 쌓은 이답게 화살이 대기를 관통하는 파공음이 날카롭게 울렸다.

화들짝 놀란 소철심이 신형을 틀어 피했다.

화살은 피했으나 달려가던 걸음이 흐트러졌다.

걸음이 흐트러지니 속도가 느려졌다.

그에 육도방의 무리들이 이때다 하며 더욱 빠르게 쫓아갔다.

피이이이잉! 피이이잉!

추대랑은 두 발을 연사로 날렸다.

소철심이 이리저리 신형을 비트는 모습을 보며 다시 살을 쟀다.

바로 그때였다.

우측 숲에서 희끗한 그림자가 불쑥 튀어나왔다.

소철심의 뒤를 쫓는 육도방 무리들의 바로 앞쪽이었다.

'저건 또 뭐야?'

추대랑이 인상을 쓴 순간이었다.

"아버지!"

갑자기 튀어나온 소년이 소철심을 향해 소리를 질렀다. 그와 동시에 소철심이 도주하던 것을 멈추고 번개같이 돌아섰다.

추대랑의 두 눈이 이채로 빛을 뿌렸다.

'아버지라고? 그렇다면!'

추대랑은 회심의 미소를 지으며 화살의 방향을 틀었다.

어정쩡하게 서 있는 무열을 향해서였다.

피이이이잉!

화살이 날았다.

거리가 가깝다.

내가 공력을 익힌 절정무인이 아니라면 피할 수 없다.

죽일 의도는 없다. 하나 팔 하나는 쓰지 못하게 되리라.

추대랑은 자신의 실력을 의심치 않았다.

결과보다는 소철심의 반응이 궁금했다. 하여 소철심을 향해 시선을 움직이려는 순간이었다.

무열이 움직였다.

오른발을 내밀고, 목도를 치켜들었다.

화살이 시위를 떠난 순간, 반사적으로 이루어진 행동이었다.

그리고 일도.

지난 십여 년의 수련이 반사적으로 발휘되었다.

하루 이천 번의 고련이 일순간에 폭발했다.

쉬아아아아악!

공간이 갈라졌다.

그리고 경악하게도 화살이 터졌다.

육도방의 무리들이 우뚝 멈춰 섰다.

모두들 경악하여 입만 쩍 벌렸다.

놀라긴 추대랑 역시 마찬가지였다.

자신이 날린 화살을 일도에 박살내 버린 것을 보면 내가

고수가 틀림없다.

그렇다면 삼십 정도의 숫자는 의미가 없다. 이대로 싸움을 벌인다는 건 섶을 지고 불속으로 뛰어드는 것과 다르지 않다.

하지만 상대가 너무 어렸다. 게다가 자세히 살펴보면 스스로도 당황스러워하고 있다는 걸 알 수 있었다. 이는 어쩌다 보니 그렇게 한 거라는 걸 의미했다.

"상대는 고작 애다. 그리고 내 화살을 그렇게 한 건 우연이다. 잘 봐라. 저놈도 놀라고 있지 않느냐! 그러니까 겁 먹을 필요 없다. 쳐라!"

추대랑이 짧게 명했다.

몇몇이 추대랑이 한 말뜻을 알아들었다.

"애새끼, 간 떨어질 뻔했잖아!"

"머리통을 쪼개 버리고 말 테다!"

"껍질을 벗겨 버려!"

육도를 꼬나 쥐고, 두 눈을 번들거리며 노려보자 흑도패거리 특유의 살기가 요동쳤다.

하나 무열은 조금도 두렵지 않았다.

물러나고 싶지도 않았다.

하여 수중의 목도를 더욱 강하게 움켜쥐었다.

그 모습에 육도방 패거리들이 더욱 사납게 굴었다.

"어딜 꼬나봐! 그 눈깔을 확 뽑아 버리고 말 테다!"

"으흐흐! 그래, 그래. 도망치지 말고, 거기 꼼짝 말고 있어라!"

육도방 패거리들은 쥐를 구석으로 모는 고양이처럼 굴었다.

육도를 돌리고, 혀를 날름거리며 분위기를 한껏 고조시켰다.

하지만 모든 건 일순간에 무너지는 법.

쿠——웅!

바람 소리가 들리는가 싶더니, 거대한 무언가가 날아와 육도방 패거리들과 무열의 사이에 떨어졌다.

육도방 패거리들은 움찔하며 걸음을 멈추고 말았다.

거의 어른 몸통만 한 크기의 바위가 자신들의 코앞에 떨어졌던 것이다.

"네놈들이 무서워서 도주한 줄 아느냐!"

소철심이 호통을 질렀다.

어느새 또 하나의 바위를 머리위로 쳐들고 있었는데, 그것 역시 어른 몸통만큼 컸다.

엄청난 신력이었다.

육도방 패거리들의 얼굴에 두려움이 번졌다.

맞았다간 단숨에 어육이 되고 말 터였다.

"경악할 만한 힘이군. 하나 네놈이 나보다 더 빠를 수 있을까? 그리고 이번에는 연사다. 네 아들이 좀 전처럼 화살을 박살 낼 수 있을까? 아니, 그것보다 네 마누라에게 날려주는 건 어떨까?"

추대랑이 무열을 향해 겨누고 있던 화살의 방향을 틀었다.

무열의 모친을 향해서였다.

활대가 잔뜩 구부러져 있어 금방이라도 화살이 쏘아져 날아갈 기세였다.

바로 그때였다.

소철심이 내던진 바위 위로 작은 인영이 솟구쳐 날아올랐다.

무열이었다.

무열이 수 장을 도약하여 단숨에 추대랑을 덮쳤다.

화들짝 놀란 추대랑이 화살의 방향을 틀고 시위를 놓았다.

피이이이이잉!

화살이 날았다.

그와 동시에 무열의 목도가 허공을 갈랐다.

그리고 또다시 화살이 터졌다.

하나 화살에 실린 힘이 좀 전보다 훨씬 더 강력하여 무열의 신형이 앞으로 나아가지 못하고 땅으로 떨어졌다.

피이이이이잉!

그런 무열을 향해 또 한 발의 화살이 쏘아졌다.

추대랑의 연사 속도는 무열의 예상보다 훨씬 더 뛰어난 것이었다.

워낙 창졸간에 일어난 일이라 멀리 떨어져 있던 소철심이 바위를 던질 생각도 못했다.

'막을 수 없다.'

거리가 너무 가까웠다.

무열의 얼굴에 당황의 기색이 어렸다.

화살은 그런 무열의 가슴을 향해 곧장 날아들었다.

추대랑의 입가에 잔인한 미소가 걸렸다.

그때였다.

난데없는 손 하나가 불쑥 튀어나오더니 중간에 화살을 덥석 움켜잡았다.

"……!"

무열이 눈을 휘둥그레 떴다.

어느새 청의 자락을 펄럭이는 중년인이 무열의 바로 앞에 서 있었다.

"이놈들! 백주에 이 무슨 흉악한 짓이냐!"

천둥 같은 고함을 지른 중년인이 낚아챈 화살을 던졌다.

순간 무열은 놀라운 광경을 보았다.

흡사 벼락처럼 쏘아진 화살이 추대랑의 한쪽 팔을 끊어내고는 수십 장 밖의 노송에 강하게 틀어박혔다.

"크아아악!"

추대랑이 비명을 질렀다.

"목숨을 잃은 이가 없는 것 같아 이 정도로 끝내는 것이니 썩 꺼지거라!"

중년인의 호통에 추대랑과 육도방의 무리들은 꽁지가 빠지게 도망쳤다.

"감사합니다!"

무열의 인사에 중년인이 돌아섰다.

부리부리한 눈이 무척 인상적인 사람이었다.

흡사 사자와 같은 기상이 절로 느껴져 무열은 절로 감탄이 나왔다.

'아! 무인의 기상이 절로 느껴지는구나!'

자신이 열망하는 무인의 모습 같아 존경심이 들었다.

"용기는 가상하다만, 장부라면 물러날 줄도 알아야 하는 법이다."

"예? 아, 예."

무열은 얼굴을 붉히며 대답했다.

중년인은 그런 무열의 위아래를 날카로운 시선으로 훑어내렸다.

'몸집은 작으나 근골은 단단하구나.'

게다가 좀 전에 보았던 일도는 범상한 것이 아니었다.

목도에 내력을 실어 경(勁)을 일으킬 수 있어야만 날아오는 화살을 부술 수 있다.

'이제 열셋 정도로 보이건만, 설마 일기관통(一氣貫通)의 경지는 아닐 테고, 벌써 하단전과 사지팔맥(四肢八脈)의 경맥(經脈)이 뚫렸단 말인가?'

일기관통은 전신의 혈맥이 완전히 열려서 기가 흐르는 경지를 말함이다. 이는 절정고수임을 의미하는 무척 높은 무경이다.

하니 눈앞의 소년이 일기관통의 경지일 리는 없다. 그래서 하단전과 사지팔맥의 경맥이 뚫려 있는 것을 생각했다.

하나 그것만으로도 충분히 놀라운 일이다.

이때부터는 진정한 내가고수로 대접을 받을 정도이기 때문이다.

중년인은 무열에 대해 좀 더 자세히 알아보고 싶었다. 하여 무열의 완맥을 잡으려고 손을 움직였다.

바로 그때 소철심이 달려왔다.

"감사합니다. 정말 감사합니다. 대인께서 소인의 자식 놈을 살려주셨습니다요. 정말 감사합니다."

중년인은 손을 거둘 수밖에 없었다.

"다행히 늦지 않아 생명을 보존하게 되었으니, 그것으로 되었소. 하니 그리 예를 차릴 필요는 없소."

"아닙니다요. 소인 비록 천한 엽부(獵夫)에 불과하지만, 은혜도 모르는 짐승은 아닙니다요. 가진 게 없어 고기와 술로 대접할까 하니 소인의 집으로 가시지요."

"아니외다. 내 바쁜 걸음을 하던 차이니 마음만 받도록 하겠소."

"하, 하오나……."

"하하하! 이것이 인연이라면 차후에 또 보게 될 것이오. 하니 대접은 그때 받으면 되지 않겠소?"

"대, 대인."

중년인은 어찌할 바를 몰라 하는 소철심을 향해 가볍게 포권을 하고는 무열을 향해 시선을 돌렸다.

"이름이 무엇이냐?"

"무열이라 합니다."

"무열(武列)이라…… 대범한 이름이구나. 좋다. 좋아. 누가 지었는지 정말 멋진 이름이다."

무(武)를 다스린다는 뜻이니 호기가 끓어 넘치는 이름이었다.

게다가 이름이 사람을 만든다는 말도 있으니, 그 말이 완전히 잘못된 것이 아니라면 기대해 볼 만한 이름이지 않은가.

"내 이름은 석군평이다. 혹여 삭주(朔州)에 가게 되거든 철마보(鐵馬堡)로 와서 날 찾거라. 네게 뜻이 있다면 발판 정도는 되어 줄 수 있을 것이다."

"감사합니다. 반드시 그리하겠습니다."

"좋다. 기다리겠다."

석군평은 웃으며 말한 후 소철심에게 다시 포권했다.

"이만 작별을 고하겠소."

석군평은 그 말을 끝으로 성큼 걸음을 옮겼다.

거칠게 없다는 듯 당당한 걸음이었다.

무열은 그런 석군평의 모습에 넋을 잃었다.

'멋있다! 정말 멋있어!'

무열의 가슴에 당당한 무인의 모습이 그렇게 각인되었다.

제3장

신룡출도

삼 일이 지났다.

그 일이 있은 후 일상이 달라졌다.

무열의 부모 역시 할아버지들이 기거하는 모옥으로 거처를 옮겼다. 육도방의 무리들이 언제 또 들이닥칠지 몰라 그리한 것이었다.

문제는 유숙의와 그의 제자까지 한동안 머물기로 했다는 것이다. 하여 두 채의 모옥을 더 지어야 했다.

무열의 일상 역시 달라졌다.

새벽같이 일어나 목도 수련을 하고, 수련이 끝나면 흑지로 달려가 몸을 담갔다. 가까운 계곡에서 몸을 씻고 돌아와 가족들과 함께 아침식사를 했다. 그리고 점심때까지 모옥을 짓는데 힘을 보탰다.

모든 일에 열심인 무열이기에 겉으로 보기에는 문제가 없어 보였다.

하나 자세히 살펴보면 문제가 있었다.

쉬는 시간이면 멍청히 앉아 먼 산을 쳐다보기 일쑤였다. 그러다가도 벌떡 일어나 목도를 휘두르곤 했다.

왜 그런 행동을 하는지 알기에 가족들의 근심이 클 수밖에 없었다.

"아무래도 그 사람의 모습에 홀딱 빠진 모양입니다."

소철심이 한숨을 쉬며 우려를 표했다.

소엽평이 무열을 힐끔 바라봤다.

미인의 미색에 홀린 사내처럼 꿈을 꾸는 듯 몽롱한 표정을 짓고 있었다.

"모른 체하거라. 시간이 지나면 잊겠지."

"잊기는 무얼 잊는단 말이냐? 차라리 이 기회에 세상 밖으로 내보내는 것도 나쁘지 않을 것 같구만."

고조부가 한 말에 소철심과 소엽평이 동시에 고개를 돌렸다.

"절대 안 될 말입니다."

"이제 열다섯입니다. 내보내긴 어딜 내보낸단 말입니까."

두 사람이 강하게 반발했다.

"평생을 끼고 살 참이냐? 그렇게 오냐오냐 하니까 애가 키가 안 크는 게다."

"여기서 키 얘기가 왜 나옵니까?"

"억지입니다."

"어쨌거나 무열이는 우리들과는 달라야 한다."

"우리가 어때서요? 배를 곯습니까? 잘 곳이 없습니까? 이만하면 부족하지 않게 사는 거지요."

잠자코 있던 증조부가 끼어들었다.

고조부는 마음에 안 든다는 듯 혀를 찼다.

"쯧쯧쯧! 무열이도 우리처럼 범잡이가 되었으면 좋겠느냐?"

"범잡이로 사는 것이 나쁩니까?"

"대대로 그렇게 살았으면 이제는 좀 더 큰 세상에서 살아 볼 때도 되었잖느냐."

"큰 세상 어디요? 무인들의 세상 말입니까? 저 어린것을 그 험한 곳에 내보내자는 겁니까?"

"무열이 스스로도 원하는 것이지 않느냐."

"아직 어리니까 허황된 꿈을 꾸는 것이지요."

"아직 어리니까 그 꿈을 이루기 위해 최선을 다해 보아야 하지 않겠느냐."

"어찌 그리 무책임한 말씀을 하십니까? 의지할 곳도 없는 처지에 그 험한 곳으로 내보내면 저 어린것이 무엇을 할 수 있겠습니까?"

"석군평이라는 사람이 찾아오라고 했다질 않느냐."

"그거야 인사치레로 한 말이겠지요."

"그 어떤 무인이 우리 같은 사람들에게 인사치레를 한단 말이냐. 무열이가 쓸 만해 보이니까 그런 말을 했겠지."

"어쨌든 그건 반대입니다."

"난 찬성이다."

"저도 반대입니다."

"죄송합니다. 저 역시 반대입니다."

소엽평과 소철심마저 반대하자 고조부는 고개를 저으며 자리에서 일어났다.

"못난 놈들!"

고조부는 아직 먼 산을 쳐다보는 무열을 바라보다 이내 걸음을 옮겨 자신의 방으로 들어갔다.

방 한쪽 벽에는 수백 권의 서책들이 책장에 빼곡하게 꽂혀 있었다.

시중에서 흔히 구할 수 있는 잡서들이 대부분이었는데, 한쪽에는 사서와 삼경, 사상주역(四象周易), 음양도인술(陰陽道人術) 같은 범상치 않은 책자들도 수십 권 자리하고 있었다.

고조부는 심란한 얼굴로 서책들을 바라봤다.

수십 번씩 읽고 또 읽은 서책들이었다. 무슨 뜻인지 이해하지 못해도 읽고 또 읽었다.

그러길 수십 년.

서당 개 삼 년이면 풍월을 읊는 격인지 그렇게 오랫동안 서책들을 끼고 살았더니, 뭔가 머릿속이 맑아진 듯 개안을 한 것 같은데, 그걸 필설로 설명할 수가 없었다.

'무열이는 뭔가 될 놈이야!'

고조부는 확신했다.

하지만 자신이 확신할 정도로 느끼는 것을 혈손들에게 설명할 수가 없었다. 하여 쓸데없는 억지만 부리는 노인네 취급을 받고 있었다.

"또 책 보시려구요?"

책장 앞에 우두커니 서 있는 고조부를 발견한 무열이 안으로 들어오지 못하고 그리 여쭈었다.

"아니다. 이리 오너라."

무열이 안으로 들어왔다.

고조부는 얼굴에서 심란한 표정을 지웠다.

"그래, 책을 보려고?"

"예."

서책들의 대부분은 딱딱하고 어려운 내용들이었다. 그럼에도 글을 읽음에 게으름을 피우지 않는 무열이 고조부는 흐뭇하기만 했다.

고조부와 증조부 다음으로 책을 많이 읽은 무열이었다.

하니 대견할 수밖에.

"무열아!"

"예. 할아버지."

"무인이 되고 싶다는 생각에는 변함이 없는 게냐?"

"예."

무열이 굳은 결의가 느껴지는 얼굴로 대답했다.

두 눈이 반짝반짝 빛나고 있어 활기가 넘쳐 났다.

단순한 고집이 아니라 자신을 태워서라도 목표를 이루고야 말겠다는 열망 같은 것이 느껴졌다.

'이런 아이를 어찌······. 오냐, 이 할애비가 반드시 내보내 주마.'

고조부는 그렇게 다짐하며 방도를 찾아 염두를 굴리기 시작했다.

바로 그때 인기척과 함께 한 사람의 목소리가 문 밖에서 들려왔다.

"잠시 들어가도 되겠습니까?"

다름 아닌 유숙의였다.

순간 고조부의 뇌리에 퍼뜩 떠오른 것이 있었다.

"아, 유 선생! 들어오시구려."

유숙의가 문을 열고 들어왔다.

"무열아, 이 할애비가 유 선생과 긴히 할 이야기가 있으니 책은 밖에 나가서 읽도록 하여라."

"책은 나중에 와서 읽을게요."

무열은 그리 대답하고는 총총히 밖으로 나갔다.

밖에서는 증조부와 조부 그리고 아버지가 여전히 머리를 맞대고 있었다.

무열은 잠깐 바라보다 작은 못이 있는 곳으로 달려가 목도를 휘두르기 시작했다.

"좀 전에 백 번을 휘두르더니 또? 저래서야 팔이 남아날까."

증조부가 탄식하며 말했다.

소엽평과 소철심 역시 같은 얼굴이었다.

무열은 무인이 되고 싶다는 열망에 사로잡혀 더욱 열심이었고, 어른들은 저러다 병이 나겠다고 염려했다.

"범잡이 일에 데려가면 좀 나아질까요?"

"글쎄다. 워낙 벼르고 있던 일이니, 그럴 수도 있겠다만, 지금의 모습을 보면 딱히 그럴 것 같지도 않으니……."

"일단 데려가 보고 달라지지 않으면 다른 방도를 찾아보죠."

소철심의 말에 소엽평과 증조부가 고개를 끄덕였다.

지금으로서는 달리 방도가 없었다.

"무열이의 고집을 그렇게도 모르는 게냐?"

갑자기 들려온 목소리는 고조부의 것이었다.

세 사람이 시선을 돌려보니 고조부가 유숙의와 함께 다가오고 있었다.

"여기 유 선생이 긴히 할 말이 있다고 하니, 함께 들어보도록 하자꾸나."

고조부는 그리 말하며 한쪽에 엉덩이를 깔고 앉았다.

유숙의 역시 조심스런 태도로 자리에 앉았다.

모두들 궁금한 눈으로 쳐다보자 유숙의는 헛기침을 한 번한 후 천천히 입을 열었다.

"지난번 혈담에 대해 말씀을 드릴 때 생룡의 기운을 받고 자란 신룡에 대해 잠깐 말씀드렸을 겁니다. 그것과 관련하

여 신룡과 무열이에 대해 제 생각을 말씀드릴까 하니 얼토
당토않다 마시고 끝까지 들어주셨으면 합니다."

"해 보시오. 우리 같은 촌무지렁이들이 감히 유 선생의
말에 얼토당토않다고 시비를 걸겠소?"

고조부는 아무 걱정 말고 말해보라고 권했고, 다른 이들
은 경청하겠다는 표정으로 유숙의에게 귀를 기울였다.

유숙의는 그런 모습에 한 차례 고개를 숙여 보인 후 신중
한 태도로 입을 열기 시작했다.

"본시 신룡이라 함은 하늘이 내린 영웅을 일컫습니다. 운
명과 숙명의 사슬을 끌고 나가 혼탁한 세상을 씻어낼 천명
을 가지고 있지요. 하니 하늘이 내린 땅의 정기를 받고 태
어나 자신을 바로 세우고, 세상의 풍파를 이겨내어 하늘이
내린 천명을 완수하게 됩니다."

"그게 우리 무열이와 무슨 상관이오?"

"어련히 말하지 않을까, 뭐가 급해 그 나이를 먹고도 그
리 촐싹거리는 게냐?"

고조부의 핀잔에 유숙의를 향해 얼굴을 들이밀던 증조부
가 헛기침을 하며 머쓱함을 달랬다.

"소생이 보기엔 무열이 역시 신룡입니다."

"예에?"

소엽평이 깜짝 놀라 유숙의를 쳐다봤다. 다른 이들도 놀
라긴 마찬가지였다. 소철심과 증조부 역시 두 눈을 휘둥그
레 치떴다.

하나 그것도 잠시, 모두들 기쁨을 감추지 못했다.

유숙의가 말하는 신룡이 무엇을 말하는지 정확히 알지는 못하나 하늘이 내린 영웅이 어쩌고 했으니 어찌 기쁘지 않겠는가.

그러나 기쁨은 오래가지 않았다.

"하나 무열이에게는 천명이 내리지 않았을 공산이 큽니다. 스스로 천문을 열고 세상 밖으로 뛰쳐나온 신룡이기에 그렇습니다."

"그, 그건 또 무슨 말이오?"

"신룡은 신룡이되 천명이 없다 이 말이오?"

소엽평과 고조부가 동시에 입을 열었다.

유숙의는 고조부를 향해 정중히 대답했다.

"그렇습니다."

"하면…… 어찌 되는 것이오?"

"모릅니다."

"모른다니 그런 말이……."

"천명이 없으니 어떤 일이 일어날지 아무도 알 수 없습니다. 한 가지 말씀드릴 수 있는 건, 소생의 판단이 그르지 않아 무열이가 스스로 천문을 열고 나온 신룡이 맞다면 세상의 온갖 풍파가 무열이를 시험하려 들 거라는 것입니다."

갑작스레 놀라운 이야기를 듣게 되자 소씨 남자들은 머리가 혼란스러웠다.

"시험이라니, 그건 또 무슨 말이오?"

고조부가 물었다.

다른 이들은 불안한 얼굴로 이목을 집중했다.

"하늘이 내리지 않았다 하더라도 신룡은 신룡, 태생적으로 신룡을 시기하는 잠룡의 무리들이 사방에서 벌 떼처럼 몰려올 겁니다. 신룡의 피 한 방울조차 남기지 않도록 갈기갈기 물어뜯기 위해서 말입니다."

소씨 남자들은 어찌나 놀랐는지 심장이 덜컥 내려앉았다.

하나뿐인 팔대독자를 갈기갈기 물어뜯는다고 하는데 어찌 그러지 않겠는가.

"잠깐, 유 선생!"

고조부가 유숙의를 불렀다.

"말씀하십시오."

"무열이를 좋게 봐주셔서 고맙소만, 그 아이가 선생이 말하는 신룡이 아니라면 그런 일은 일어나지 않겠구려."

"소생이 무열이를 신룡이라 여기는 이유를 말씀드리자면⋯⋯."

유숙의는 무열이 한 목도 수련으로 인해 지맥이 변화하여 천문이 열렸고, 그 광경을 자신이 목격한 사실을 이야기했다.

'천기누설일지라도 어쩔 수 없다. 아니, 무열이가 스스로 천문을 연, 천명을 받지 못한 신룡이라면 이는 천기누설일 수가 없다.'

유숙의는 그렇게 위로했다.

"유 선생 말대로 무열이가 신룡이라면 이곳에 꼭꼭 숨어 있어야 하겠구려?"

"아니요. 그렇지가 않습니다."

"그렇지 않다니요? 잠룡이라는 자들이 물어뜯을 거라면 서요? 그들을 피하자면 이곳에 숨는 게…… 혹여 다른 곳으로 숨어야 한다는 뜻이오?"

"숨을 수 없습니다. 운명과 숙명, 혹은 우리가 알지 못하는 그 어떤 종류의 이끌림이 그들을 무열이가 있는 곳으로 움직이게 만들 것이니 숨어봐야 소용없을 겁니다. 소생이 이곳으로 오고 육도방이라는 무리들이 이곳으로 온 걸 단지 우연이라고 치부하지 마시기 바랍니다. 저나 그들이나 결국 무열이와 얽힌 것이잖습니까. 무열이를 구해주었다는 분도 그렇고."

귀에 걸면 귀걸이요, 코에 걸면 코걸이라지만, 암만 생각해 봐도 유숙의의 말이 너무 그럴 듯하다.

소씨 남자들은 유숙의의 말에서 헤어 나오지 못했다.

고조부만이 침착한 모습이었다.

"숨을 수도 없다면 어찌해야 한다는 말이오?"

"잠룡들이 지천인 세상에 신룡이 나왔으니 그들이 격돌하는 건 필연입니다. 하나 그건 운명과 숙명, 혹은 우리가 알지 못하는 그 어떤 종류의 이끌림이 신룡과 잠룡을 완전히 옭아맨 후의 일일 것입니다. 하니 무열이는 지금부터라도 그때를 대비해야 합니다. 스스로 힘을 길러 그 어떤 잠룡이라도 능히 상대할 준비를 해야 합니다."

"무공을 익혀야 한다는 것이오?"

"제 생각에는 바로 그렇습니다."

무공을 익혀야 한다는 말에 모두의 얼굴에 실망의 기색이 떠올랐다.

"이곳에는 무열이가 익힐 만한 뛰어난 무공이 없소. 하니 이 일을 어찌하면 좋겠소?"

"무열이가 신룡이 맞고, 스스로 천문을 연 것 또한 사실이라면 세상 어딘가에 무열이와 연이 닿을 신공절학이 있을 겁니다. 하니 그것을 찾아야 합니다."

"그 말씀은……?"

"무열이는 하루라도 빨리 긴 여행을 떠나야 합니다."

놀라는 소씨 남자들.

유숙의는 할 말을 다했다는 듯 가만히 눈을 감았다.

모두들 유숙의가 무언가를 더 말해주기를 바라는 눈치였으나, 이젠 자신들이 결정을 내려야 할 때라는 걸 알았는지 말을 걸지 않았다.

이때 한쪽에서 조용히 웃고 있는 이가 있었으니 다름 아닌 무열의 고조부였다.

'인석들아, 이래도 무열이를 안 내놓을 테냐? 자고로 사내대장부는 큰물에서 놀아야 하는 법이니라.'

"혹시?"

증조부가 고조부를 쳐다보며 의혹 어린 눈초리를 보냈다.

"혹시 뭐? 내가 시킨 것이냐고?"

"상황이 그렇잖습니까?"

"그 잠깐 사이에 그런 놀라운 이야기를 만들어낼 정도로 내가 박식한 사람이더냐?"

"그건…… 아니지요."

"내 눈에는 무열이가 범상치 않아 보인다. 그게 다 이유가 있었던 게지."

소철심과 소엽평 그리고 증조부는 서로를 바라봤다.

답이 없다. 속 시원하게 이건 이렇고, 저건 저렇다고 말할 사람이 없다.

심지어 어디까지 믿어야 하는지조차 혼란스러웠다.

그때 유숙의가 눈을 뜨며 마지막 결정타를 날렸다.

"이곳은 무열이에게 너무 좁은 곳입니다. 이곳에 계속 머물다가는 우리에 갇힌 맹수처럼 야성을 잃고, 발톱과 이빨마저 모두 잃은 후 제대로 포효 한 번 해 보지 못하고 허망하게 쓰러질 것입니다. 신룡에겐 맘껏 활개를 칠 넓디넓은 공간이 필요합니다. 자신의 신위를 맘껏 뽐낼 수 있는 천하라는 세상 말입니다."

그걸로 끝이었다.

이런 마당에 뭐라 반대를 할 수 있겠는가.

하지만 부모로써의 근심 걱정이 끝내 손을 놓지 못하도록 만들고 있었다.

"그러지 말고 무열이에게 선택하라는 건 어떻겠느냐?"

고조부가 의견을 제시했다.

무열이 세상 밖으로 나가는 것을 반대하는 세 사람의 숨통을 트여주는 것이었다.

하나 고조부는 속으로 웃고 있었다.

'인석들아, 무열이가 무얼 선택할지는 내가 잘 알고 있다.'

"그러지 말고, 조금 생각해 보는 게 좋겠습니다."

고조부의 속마음을 읽었음인가? 아니면 자신 있게 말하는 고조부의 태도에 불안함을 느낀 것인가?

증조부가 고개를 저으며 거부했다.

고조부의 얼굴이 일그러졌다.

"무얼 생각한단 말이냐! 여기 유 선생의 말을 못 믿겠다는 것이냐?"

"누가 못 믿겠다고 했습니까?"

"하면 무열이가 어떻게 되어도 좋다는 것이냐?"

"그럴 리가 없잖습니까."

"그럼, 뭘 생각해 보자는 것이냐? 유 선생이 하루라도 빨리 내보내는 게 좋다고 하였거늘 어찌 시간을 지체시키려든단 말이냐!"

"더 나은 방도는 없는지 생각 좀 해 보자는 건데, 제가 무슨 대단한 잘못을 했다고 그리 역정을 내고 그러십니까?"

"무슨 방도? 그런 것을 찾아낼 머리나 되고?"

증조부는 고조부의 무시에 발끈했으나 틀린 말은 아닌지라 뭐라 대꾸하지 못하고 유숙의를 향해 물었다.

"다른 방도는 없겠소? 더 깊은 산골로 숨는다든가, 운명이니 숙명이니 하는 걸 끊어 버리는 부적을 구한다든지……."

"무엇을 염려하는지 잘 압니다. 소생 역시 그 때문에 무인들과 얽히는 것을 극도로 싫어하고 있습니다. 하나 때로는 싫어도 해야 할 때가 있는 법이잖습니까? 어떤 선택이 무열이를 위하는 것인지를 잘 생각해 보십시오. 소생이 드릴 말은 그것뿐입니다."

유숙의의 말을 듣고 난 증조부는 길게 한숨을 내쉬었다.

'무열이를 위한 선택……'

증조부는 곧 시선을 들고 소철심을 바라봤다.

소철심은 잔뜩 굳은 얼굴로 목도를 휘두르고 있는 무열을 바라보고 있었다.

"아범 생각은 어떻느냐?"

소철심이 고개를 돌리자 모두들 그를 바라보았다.

마치 네가 선택하라는 듯한 분위기여서 소철심은 다소 당황했으나 이미 생각을 굳힌 바가 있었다.

"무열이도 다 컸습니다."

"휴우, 네 생각이 그렇다면 그리하도록 하자꾸나."

증조부가 말했고, 소엽평은 고개를 끄덕이며 수긍을 표했다.

"무열아! 이리 와보거라."

고조부가 기다렸다는 듯이 무열을 불렀다.

그리고 무열이 목도를 거두고 한걸음에 달려오자 대뜸 물었다.

"무열아, 무인이 되고 싶다는 생각에 변함이 없느냐?"

좀 전에 방에서 물어놓고도 같은 물음을 던지자 무열은 당혹했다. 게다가 다른 어른들의 분위기가 하도 무거워 잠깐 머뭇거렸다.

하나 대답은 정해져 있었다.

"예."

"하면 세상으로 나가보겠느냐?"

"아직 바위를 부수지 못했는데요?"

"바위는 이미 쪼개졌다는구나."

"예?"

"여기 유 선생께서 말씀하시길, 아니다. 넌 그건 신경 쓸 필요가 없다. 다시 물으마. 혼자 세상으로 나갈 용기가 있느냐?"

"전…… 소씨 남자입니다!"

무열이 제 가슴팍을 두들기며 호기 있게 외쳤다.

◆　　◆　　◆

새하얀 안개가 걷히고 따스한 햇살이 내리비치는 시각.

작은 덩치의 소년이 제 몸집만 한 등짐을 메고 산을 내려가고 있었다.

무열이었다.

전날 벼락같이 결정된 대로 천하라는 세상 밖으로 홀로 나아가게 된 것이다.

무열은 하염없이 눈물을 흘리는 모친의 손을 쉽사리 놓지 못했고, 걸음을 옮기면서도 몇 번이나 돌아보기는 했으나 생각보다 씩씩했다.

"녀석, 이 할애비의 꿈을 반드시 이루어주리라 믿는다."

고조부가 중얼거렸다.

무인이 되어 천하를 호령하고 싶은 건 아니었다. 그저 도회지로 나가 그곳에서 일가를 꾸리는 게 고조부의 바람이었다.

서책들을 가까이 하면서 사람들과 어울려 사는 게 사람답게 사는 것이라고 깨달았기 때문이다.

"유 선생, 어찌 그리 말을 잘 만들어낸 게요? 탄복했소. 정말 존경스럽소이다."

고조부가 정말 감탄한 듯 말했다.

그러나 유숙의는 한 차례 고개만 끄덕일 뿐 달리 대꾸하지 않았다.

'만들어낸 말이 아닙니다. 사실이라고 장담할 수는 없으나 소생이 알고 느껴지는 바를 그대로 말했습니다. 소생은 무열이가 신룡이기를 바랍니다. 아니, 신룡이라 믿습니다.

어수선한 천하를 바로잡는 그런 신룡 말입니다.'

지금 무열이 작은 소년에 불과하지만, 언제까지 그렇겠는 가. 뜻을 품고 묵묵히 제 길을 가노라면 필히 크게 날아오 를 날이 올 것이다.

그때를 위해 험난한 길을 스스로 헤쳐 나가야 한다.

기회란 준비된 자에게만 주어지는 특권이기 때문이다.

그런데 불현듯 떠오르는 염려가 있었으니.

'신룡이 나왔으니 봉황과 가루라 역시 나타날 터, 봉황을 먼저 만난다면 크게 비상하겠지만, 가루라를 먼저 만나게 된다면 잡아먹히고 말리라. 그것이 신룡과 봉황 그리고 가 루라의 운명이다. 아니, 아니야. 무열이는 스스로 천문을 연 아이다. 어떤 일이 벌어질지 아무도 예측할 수 없다.'

천하에 가장 뛰어나다는 세 명의 지관 중 하나인 서운(瑞 雲) 유숙의는 멀어져 가는 무열을 향해 혼란스런 시선을 보 내고 있었다.

◆　　◆　　◆

산서성 삭주(朔州).

오늘도 저잣거리는 인산인해로 북적거렸다.

물건을 파는 장사치들과 좋은 물건을 사기 위해 부지런히 발품을 파는 행인들 그리고 괜히 눈깔에 힘주고 다니는 왈 패들까지.

독질이라 불리는 왈패 중의 왈패, 두곽은 아침부터 기분이 좋지 않았다.

별것도 아닌 일로 두목에게 두들겨 맞았기 때문이다.

"쳇! 두목이 그년을 점찍고 있을 줄 누가 알았겠어? 그리고 마음이 동했으면 진작 올라타든가. 망할!"

천하에 널린 게 계집이고, 먼저 올라타는 놈이 임자라고 생각하는 두곽이었기에 오늘 두들겨 맞은 건 억울하기 짝이 없었다.

"영감! 장사 잘돼?"

"와, 왔는가?"

두곽이 나타나자 국수를 파는 노인이 엉거주춤한 자세로 대꾸했다.

"한 그릇만 말아봐. 고기 듬뿍 넣는 거 잊지 말고."

"그럼세."

노인은 빠른 손놀림으로 그릇에 국수를 담고 국물을 부었다. 고기를 듬뿍 넣는 것도 잊지 않았다.

성질 더러운 놈이 무슨 짓을 할지 모르니, 어서 처먹고 사라지기만을 빌고 또 빌었다.

한데 국수 그릇을 받아든 두곽이 뜬금없는 물음을 던졌다.

"영감, 생각해 봤어?"

"무슨 생각 말인가?"

"이런 씨발! 내 말을 개 짖는 소리로 들었던 거야? 영감

손녀를 나한테 주는 게 어떻겠냐고, 잘 생각해 보라고 했잖아!"

두곽이 국수 그릇을 요란하게 내려놓으며 언성을 높였다.

국수를 파는 노인은 당황하여 말을 더듬거렸다.

"아, 그, 그건……."

"실하게 물이 올랐으니까, 좆 가진 놈들이 올라탈 기회만 엿보고 있을 게 틀림없다고 했잖아!"

"이, 이보게 그 아인 아직 어리잖은가."

"염병! 열넷이 뭐가 어려? 지난번에 보니까 젖가슴이 한 주먹은 되고도 남겠더구만."

두곽이 음흉한 미소를 지으며 말했다.

하나 곧 미간을 잔뜩 찌푸렸다.

국수를 파는 노인은 그것만으로도 가슴이 철렁했다.

다행히 두곽이 인상을 쓴 건 다른 이유 때문이었다. 갑자기 한쪽 다리가 따뜻했던 것이다.

두곽은 자신의 다리를 내려다보았다. 그리고 있는 대로 얼굴을 구겼다.

누런 똥개 한 마리가 그의 바짓가랑이에 대고 한 다리를 들어 올린 채 오줌을 싸고 있었기 때문이다.

"이런 개새끼가!"

두곽은 소리를 버럭 지르며 똥개를 걷어찼다.

깨―앵!

똥개는 삼 장을 날아가더니 노리개를 파는 노점상의 가판을 엎으며 나동그라졌다.

쿠당탕!

"어이쿠! 이, 이게 뭐냐!"

노점상의 당황성과 함께 허공으로 튀어 오른 노리개들.

일부는 곧장 허공으로 튀어 오르지 않고 비산하듯 옆으로 날아갔다.

퍽!

일이 커지려는지 하필이면 가장 날카로운 노리개 중의 하나가 짐수레를 끄는 황소의 엉덩이에 작렬했다.

움머어어!

크게 놀란 황소가 크게 울부짖으며 대뜸 달리기 시작했다.

"워! 워워워!"

황소 주인이 다급히 고삐를 잡아당겨 보지만, 깜짝 놀라 날뛰기 시작한 황소를 힘으로 감당하기엔 역부족이었다.

두두두두!

황소와 술 항아리가 가득 담긴 짐수레가 저잣거리를 뒤흔들며 돌진했다.

폭이 충분히 넓은 대로가 아니었던 탓에 양쪽의 좌판들이 줄지어 뒤집어엎어졌다.

노점상들의 비명과 고함.

좌판들이 엎어지며 내는 요란한 소란에 황소는 더욱 놀라 날뛰었다.

"옘병! 좆 됐다!"

뒤에서 그 광경을 지켜보던 두곽은 욕설을 내뱉으며 얼굴을 구겼다.

누가 뭐라고 해도 저잣거리는 흑도방파들의 소유였다.

저자의 전체 매상이 줄면 흑도방파의 수입도 줄어든다.

그런 마당에 저자가 이리 난장판이 되었으니…….

"오늘이 내 대갈통이 쪼개지는 날인가 보다."

두곽이 맥없이 중얼거렸다.

그때 황소는 삼십여 장을 내달리고 있었다.

"저, 저, 저런……!"

"비키시오!"

"누가 좀!"

저자 사람들의 다급성이 들려왔다.

"우아아아아아앙!"

황소가 내달리고 있는 앞쪽에 이제 서너 살가량의 아이가 울고 있었다.

마음만 먹는다면 황소가 당도하기 전에 아이를 구할 수 있을 터인데도, 돌진해 오는 황소의 기세가 워낙 흉흉하여 선뜻 나서는 이가 없었다.

"황아!"

다행히 아이의 엄마로 여겨지는 아낙이 달려 나와 아이를 부둥켜안았다.

하나 그때는 황소가 이미 지척이었다. 아낙의 움직임으로는 도저히 피할 새가 없었다.

아낙은 아이를 껴안고 등을 돌렸다.

질풍처럼 돌진하는 황소가 그대로 아낙과 아이를 짓밟을 기세였다.

바로 그때, 어디선가 작은 그림자 하나가 벼락같이 튀어나와 황소의 앞을 막았다.

그와 동시에 날카로운 소성이 길게 울려 퍼지더니, '퍽!' 소리와 함께 황소가 달리던 기세 그대로 와락 고꾸라졌다.

쿠——웅!

저잣거리를 진동시키는 울림이 터졌고, 땅바닥에 고꾸라진 황소는 달리던 기세 그대로 쭉 미끄러져 앞을 막고 있는 작은 체구의 소년 앞에서 멈추어졌다.

"······!"

소년의 정체는 바로 무열이었다.

무열은 황소를 막겠다고 목도를 하늘 높이 쳐든 상태 그대로 석상이 되었다.

'비녀다!'

자신의 발치에 죽어 있는 황소의 옆머리에 꽂혀 있는 붉은 빛이 감도는 것의 정체는 틀림없는 비녀였다.

모친이 사용하는 것보다 훨씬 더 고급스럽고 모양도 달랐지만, 한눈에 비녀라는 걸 알 수 있었다.

무열은 시선을 돌렸다.

멀리 객잔 이층에 붉은 그림자가 보였다.

새하얀 얼굴과 붉은 입술이 선명한 여인이다. 아니, 여인이라기보다는 소녀에 가깝다.

기묘한 느낌이 들었다.

마치 오래전부터 알고 있었던 것 같기도 하고, 오래도록 짝사랑하던 소녀를 눈앞에서 보게 된 것 같기도 했다.

심장이 두근거렸고, 시선을 뗄 수가 없었다.

그때 홍의소녀가 자리에서 일어나 안쪽으로 사라졌다.

"아!"

무열은 저도 모르게 아쉬움이 가득한 탄성을 내뱉으며 목도를 내렸다.

시선을 돌리지 못하고 있었으나 소녀의 모습은 다시 보이지 않았다.

무열은 아쉬움을 뒤로하고 시선을 돌렸다.

자신의 발치에 죽어 있는 황소의 머리통에서 붉은 비녀를 뽑았다.

"고맙습니다!"

뒤에서 아낙이 떨리는 음성으로 감사의 인사를 했다.

무열은 자신이 한 일이 아니었기에 겸연쩍었다. 그렇다고 자신이 한 일이 아니라고 말하는 것도 머쓱하여 그냥 '예!' 하고 말았다.

그러는 사이에 사람들이 몰려왔다.

"여기 소형제가 사람을 구했소. 그야말로 소영웅이었소.

소영웅!"

무열이 뛰어들고 황소가 고꾸라진 건 거의 동시에 일어난 일이었다. 그리고 붉은빛이 감도는 비녀를 날린 솜씨는 범인의 눈으로는 결코 알아볼 수가 없을 정도로 고절했다.

하니 사람들 눈에는 무열이 황소를 쓰러트리는 것처럼 보였다.

"잘했소! 장하오! 장해!"

"소형제! 이리 오시오. 내가 술 한잔 사겠소."

"한잔 가지고 돼? 한 동이는 사야지."

"소형제 이름이 무엇인가?"

사람들의 박수갈채가 터졌고, 그 틈에서 누군가가 이름을 물었다.

무열은 머쓱한 표정을 짓다가 주위를 향해 포권하며 입을 열었다.

"무열이라 합니다. 그리고 이 일은 제가 한 게 아닙니다."

무열은 그 말을 남기고 부리나케 자리를 떠났다.

"어서 옵…… 뭐, 뭐야?"

무열은 자신보다 머리통 하나 정도 큰 어린 점소이를 지나쳐 곧장 이층으로 달려 올라갔다.

하나 이층 그 어디에도 홍의소녀를 볼 수가 없었다.

"너, 뭐야? 뭔데……!"

"홍의소녀는 어디에 있습니까?"

"뭔 소녀?"

"방금 전까지 이곳에 있었잖아요."

"아, 그 아가씨! 좀 전에 계산을 치르고 가셨는데, 왜? 아니, 그보다 넌 뭔데 먼지 나게 뛰어다니고 지랄이야?"

"아, 미안합니다."

무열은 사과의 한마디를 남기고 바람처럼 일층으로 뛰어내려가 곧장 객잔 밖으로 뛰쳐나갔다.

홍의소녀를 찾기 위해서였다.

거리 좌우를 두리번거렸지만, 그 어디에도 붉은 그림자조차 보이지 않았다.

무열은 실망하지 않고 오른쪽으로 냅다 뛰기 시작했다.

"야, 이 미꾸라지 같은 새끼야! 홍의소녀가 아니라 홍의마녀한테 잡아먹혀 버려라!"

뒤에서 점소이가 욕설을 내뱉었다.

하나 그 짧은 사이에 무열은 점소이의 시야에서 사라져 버렸다.

"뭐, 뭐여? 뭐가 저렇게 빨라? 호, 혹시?"

무공을 익힌 고수일 가능성이 크다는 생각에 점소이는 가슴이 철렁했다.

하나 무열은 이미 멀리 사라지고 없었다.

가슴을 쓸어내린 점소이는 다시 욕설을 내뱉었다.

"그렇게 뛰다가 소똥에 미끄러져 시궁창에 콱 머리나 처박고 뒈져 버려라."

그때였다.

멀리 먼지구름을 일으키며 무열이 나타났다.

그리고 곧 헛바람을 들이키는 점소이의 앞을 획 지나갔
다.

"옘병! 깜짝 놀랐네! 에라이, 가다가 독질한테 걸려서 피
눈물이나 쭉쭉 빨려 버려라!"

무열이 사라진 후 움찔했던 것에 화가 나 그렇게 욕설
을 내뱉은 점소이는 부리나케 객잔 안으로 뛰어 들어간
후 머리만 내밀어 혹시나 무열이 다시 나타나는지 살폈
다.

"헉!"

점소이가 헛바람을 들이켰다.

무열이 다시 나타났다.

좌우로 숨 가쁘게 달려보았지만 결국 홍의소녀를 찾지 못
한 것이다.

"철마보로 가려면 어디로 가야 합니까?"

무열이 물었다.

점소이는 대꾸조차 하지 못하고 잔뜩 위축된 모습으로 한
쪽 방향을 가리켰다.

"고맙습니다."

무열은 감사의 인사를 전하며 점소이가 가리킨 방향으로
천천히 걸어갔다.

그러다 점소이가 가슴을 쓸어내리려는 찰나 걸음을 멈추더니 획 돌아서며 물었다.

"그런데 독질이 누굽니까?"

"헉! 독…… 딸꾹!"

제 4장

철마보

"독…… 딸꾹! 질은 흑, 흑호…… 딸꾹! 딸꾹!"

점소이의 딸꾹질이 점점 심해졌다.

자신 때문에 그런가 싶어 무열이 미안한 표정을 지을 때였다.

"우왁!"

"으악!"

갑자기 점소이 뒤에서 고함을 지르며 나타난 이가 있었다.

무열이 쳐다보니 털북숭이 장한이었다.

점소이는 털북숭이 장한의 고함에 놀라 엉덩방아를 찧고 말았다.

"하하하! 어떠냐? 딸꾹질이 멈추지 않았느냐?"

"……!"

그러고 보니 딸꾹질이 멈추었다.

점소이는 엉덩이를 털고 일어났다. 하지만 많이 놀랐는지 감사의 인사는커녕 잡아먹을 듯이 쏘아봤다.

"인석아, 그러다 눈 튀어나오겠다."

점소이의 한쪽 어깨를 소리 나게 두들긴 털북숭이 장한은 곧 무열에게로 다가왔다.

"철마보로 가려고?"

"예."

"그럼 나랑 가면 된다. 내가 그곳에서 일하고 있거든."

"아!"

털북숭이 장한은 반가운 표정을 짓는 무열의 위아래를 쓱 훑어보더니 고개를 끄덕였다.

"마동(馬童)을 구한다는 말을 듣고 온 모양이구나. 흠, 열둘? 열셋? 그 정도 나이치고는 제법 탄탄해 보인다. 일자리를 얻을 수 있겠다."

"마동이요?"

"몰랐느냐? 마방(馬房)에서 일하는 아이들을 그리 부른다. 이런! 어찌 이제야 왔느냐. 이미 모집 시간이 지났지 않느냐."

말하는 도중에 잠깐 하늘을 쳐다본 장한이 살짝 미간을 찌푸렸다.

"그게 아니라……."

"아니긴 뭐가 아니냐. 내가 어떻게든 힘을 써줄 터이니, 염려 말고 날 따라오너라."

무열은 석군평에 대한 말을 하려고 했다.

그런데 털북숭이 장한이 무열의 말을 자르더니, 무열의 한쪽 손목을 잡고는 냅다 뛰기 시작했다.

무열은 그런 장한에 이끌려 얼떨결에 철마보까지 한달음에 달려가게 되었다.

대륙의 북쪽은 물이 적고 산이 많아 예로부터 남선북마(南船北馬)라 하여 말이 중요한 이동 수단이었다.

인구가 많은 도시마다 마방이 존재하지 않는 곳이 없었고, 유명한 상가나 표국, 무가 같은 곳들은 으레 말들을 보유하고 있었다.

하나 현장에서 실제로 부릴 수 있는 상마(騬馬)를 기르는 데는 상당한 인력과 자금이 소모되었다. 또한 역마(役馬)와 전마(戰馬)에 맞는 교육을 시키는데 들이는 공과 시간 역시 무시할 수가 없었다.

그 때문에 말을 전문적으로 길러내 판매하는 마방이 성행하게 되었는데, 그중 산서성 일대에서 가장 많은 숫자의 말을 보유한 곳이 바로 철마보였다.

"그 아이는 누굽니까?"

"마방에 보낼 아이이니 관심 끄십시오."

철마보 입구에서 만난 뚱뚱한 중년인에게 그리 말한 털북숭이 장한은 걸음을 더욱 재촉했다.

이윽고 철마보 정문을 통과한 후 한참을 이동하자 광활한 초지가 펼쳐졌다.

무열은 드넓은 초지를 대하는 순간 가슴이 확 트이는 듯했다. 산 정상에 올라 세상을 내려다보는 것과는 또 다른 느낌을 주었다.

사람들이 기거하는 전각들은 초지 한쪽에 세워져 있었는데, 그 규모가 상당했음에도 눈에 들어오지도 않았다.

털북숭이 장한은 무열을 데리고 초지를 가로질렀다.

초지 끝에 수십 채의 마사(馬舍)가 줄지어 세워져 있었다. 그리고 각 마사마다 울타리가 개별적으로 둘러쳐져 있었는데, 울타리 안쪽에 저마다 수십 혹은 수백 마리의 말들이 모여 있었다.

무열은 그 거대한 규모에 입을 쩍 벌렸다.

"우와, 엄청나군요."

얼마나 놀랐는지 자신이 이곳에 온 이유에 대해 설명을 해야 한다는 것조차 잊어버렸다.

"많지? 대륙에서 몇 손가락 안에 드는 규모를 자랑하는 곳이다."

털북숭이 장한이 뿌듯한 얼굴로 말했다.

말에서도 자부심이 느껴졌다.

무열은 다른 곳은 얼마나 규모가 큰지 모르지만, 그것과는 상관없이 이 정도면 충분히 자부심을 가질 만하다고 생각했다.

그때였다.

"오라버니! 해가 중천인데, 어찌 이제야 오는 거예욧!"

뾰족한 음성이 날카롭게 울렸다.

고개를 돌려보니 이제 십팔 세가량 되어 보이는 소녀가
새하얀 백마 위에 앉아 이쪽으로 다가오고 있었다.

갈색 피부와 새까맣고 동그란 눈이 무척 생기발랄한 느낌
을 주는 소녀였다.

"이지야, 늦으면 얼마나 늦었다고 그러는 것이냐?"

"벌써 출발할 준비가 다 되었단 말이에욧!"

"그래, 지금 출발하자꾸나."

털북숭이 장한의 능청에 소녀는 약이 바짝 올랐는지 쌍심
지가 확 치켜 올라갔다.

"오늘은 제가 처음으로 납품을 책임지는 날이란 말이에
요. 그래서 어떠한 실수도 용납할 수 없어요. 한데 밤새 술
마시고 이 시간에 오면 어쩌자는 거예요?"

사실 언이지가 화를 내는 건 어쩌면 당연한 일이었다.

오늘은 그녀가 처음으로 납품을 주관하는 날이었기 때문
이다.

중상마 칠십 필을 열흘 안에 주 거래처인 북무련(北武聯)
에 납품해야 하는데, 언이지가 그 일을 진두지휘해야 한다.

그동안 열심히 배웠지만, 옆에서 보는 것과 실제로 지휘
하는 건 엄연히 다른 법이다. 혹시 모를 실수나 예기치 않

은 불상사를 대비하여 경험이 많은 언중걸이 옆에서 지켜봐 주어야 하는데, 밤새 술을 마셨는지 떠날 시간이 다 되어서야 나타나니 어찌 화가 나지 않겠는가.

"하하하! 염려 마라. 내 동생 이지라면 누구보다 똑똑하니까 잘해낼 것이라 믿는다."

빈말이라도 칭찬은 언제 들어도 기분 좋은 법이다. 또한 출발할 시간도 다 되었기에 계속 노닥거릴 수도 없었다.

언이지는 화를 삭였다.

"그 옆에 있는 쪼그만 녀석은 뭐예요?"

"아, 이 친구? 내가 널 위해서 데려온 놈이다. 인사해라. 이쪽은…… 참, 이름이 뭐였지?"

"소무열입니다."

"아, 그래. 소무열. 이쪽은 소무열이고, 저 아리따운 아가씨는 내 동생 언이지."

언중걸이 하얀 이를 드러내 씩 웃으며 소개시켜 주었다.

무열은 얼떨결에 두 손을 모았다.

"소무열입니다."

"언이지다. 나보다 어려 보이니까 말 놓는다. 불만 있어?"

"아, 아니요."

"덩치도 작고, 나이도 어려 보이는데 어디에 써먹어요?"

언이지가 언중걸에게 따지듯 물었다.

"할 일이야 차차 찾아보면 되고, 북무련 사람들을 오래

기다리게 해서 좋을 건 없으니까, 그만 출발하자꾸나."

언중걸의 말대로 저쪽에 북무련의 무사들이 대기 중이었다.

오십 정도 되는 숫자였는데, 적대 세력들의 습격을 대비하여 특별히 파견된 이들이었다.

철마보에도 무인들이 있었지만, 숫자가 그리 많지 않았고, 대부분 낭인들을 고용한 것이라 북무련의 적대 세력으로부터 전마들을 지키기에는 역부족이었다.

"알았어요. 지금 당장 출발할 거니까, 얼른 세수라도 하고 와요."

"오냐, 얼른 따라갈 터이니, 염려 말고 먼저 출발하도록 해라."

언이지는 말고삐를 잡아채 원래 있던 자리로 돌아가 출발을 명했다.

말몰이를 하는 인부들이 소리를 질러가며 한쪽 울타리에 몰아두었던 말들을 이동시키기 시작했다.

칠십 필의 말들이 흙구름을 일으키며 줄지어 이동하기 시작했다.

무열은 그 광경을 넋 놓고 바라봤다.

"앞으로 지겹도록 볼 건데, 뭘 그리 뚫어지게 보고 그래?"

"예? 아, 예."

"그 등짐이나 이리 다오."

"예?"

"계속 가지고 다니려고?"

"그건 아니지만……."

"황금이 들어 있어도 안 훔칠 테니까 염려 말고 이리 다오."

무열은 망설이다 등짐을 풀어주었다.

"진짜 황금이라도 들었어? 뭐가 이리 무거워?"

언중걸은 무열의 등짐을 들어 보이더니 이내 한쪽으로 휙 던졌다.

"이삼! 내 방에 갖다놔!"

언중걸이 소리치자 저쪽에서 작달막한 키의 소년이 뒤돌아보고는 깜짝 놀라 자신에게로 날아오는 등짐을 간신히 받았다.

"저 녀석은 장이삼이다. 돌아오는 대로 인사시켜 줄 테니까, 지금은 얼굴이나 기억해 둬라."

언중걸은 무열의 대답을 듣지도 않고 한쪽으로 휘적휘적 가더니 말들에게 먹일 물통에 머리를 깊이 담갔다. 그리고 한참 후에 얼굴을 들고는 대충 물기를 털었다.

"말 탈 줄은 아느냐?"

"모릅니다."

"그럼 지금부터라도 배워둬."

"예?"

"말 타는 거 가르쳐 주겠다는데, 뭘 놀라고 그래? 시간

없으니까, 얼른 따라와."

무열은 두 눈만 깜박거리다 언중걸을 따라갔다.

한 손에는 여전히 목도를 들고 있었다. 언중걸이 그에 대해 아무 말도 하지 않았지만, 무열의 생각은 거기까지 미치지 못했다.

어쩌다 보니 객잔에서부터 급류에 휩쓸리듯 여기까지 왔고, 또 어딘가로 계속 따라가게 생겼지만, 기분이 나쁘지 않았다. 호기심도 들었고, 재밌겠다는 생각도 들었다.

하여 가는 데까지 가보기로 했다. 돌아온 후에 석군평에 대해 말해도 늦지 않을 거라고 여겼다. 다만 걱정인 것은 말을 처음 탄다는 사실이었다.

'뭐, 남들이 타는 거면 나도 탈 수 있을 거야.'

♦   ♦   ♦

툭툭툭툭툭!

아니다.

펏펏펏펏펏!

아니다. 조금 달랐다.

말이 경쾌하게 뛰기 시작한 이후로 무열이 내는 소리를 말함이다.

말 등과 무열의 엉덩이가 쉴 새 없이 부딪치면서 저런 우스꽝스런 소리를 내고 있었다.

"왓—하하하!"

"그래서야 말 등이 남아나겠느냐!"

"큭큭큭!"

모두가 박장대소를 터트렸다. 누구 하나 웃지 않는 이가 없었다. 처음엔 그저 인상을 쓰는 정도에 그쳤던 언이지조차 나중엔 고개를 저으며 웃고 말았다.

가장 크게 웃고, 떠든 건 다름 아닌 언중걸이었다.

"말 등에 말뚝 박는 것도 아니고, 그 무슨 망측한 소리냐! 누가 들으면 말을 겁탈이라도 하려는 줄 알겠다. 푸하하하하!"

결국 무열은 얼굴을 벌겋게 물들였다.

'다른 사람들은 어떻게 타는 거지?'

무열은 언이지를 살펴봤다.

언이지의 몸과 말의 움직임이 한 박자를 타고 있었다.

"뭐야, 이제 내 동생 말을 노리는 것이냐? 설마 내 동생을 노리는 건 아니겠지? 이지야, 너 조심해야겠다!"

"풋…… 푸하하하!"

"우하…… 우하하하하!"

아주 난리도 아니었다.

어떤 이는 너무 웃다가 말 위에서 떨어질 뻔하기도 했다.

그때 언이지가 뒤를 돌아봤다.

무열이 자신의 엉덩이를 빤히 바라보고 있었다.

언이지의 눈썹이 확 치켜 올라갔다.

"대체 뭘 보는 거얏!"

"엉덩이가 부딪치지 않는 법을 배우려고……."

"눈깔 돌려!"

무열이 대놓고 엉덩이를 입에 담자 언이지가 빽 소리를 질렀다.

무열은 흠칫 고개를 돌렸다.

"이지야, 말 타는 법 좀 배우겠다는데 몰인정하게 뭘 그러느냐. 그러지 말고 엉덩이를 들고 제대로 보여주도록 해라."

언중걸의 말에 다시 한 번 웃어댔다.

언이지가 시뻘겋게 변한 얼굴로 사납게 쏘아보자 모두들 화들짝 놀라 분분히 고개를 돌려 먼 산을 쳐다봤다.

그 와중에도 무열은 언중걸이 말 타는 모습을 눈여겨 보며 조금씩 따라하기 시작했다.

그렇게 반각이 지나자 다시는 전과 같은 소리를 내지 않게 되었다.

"운동신경이 좋구나."

어느새 말머리를 나란히 한 언중걸이 웃으며 말했다.

"생각보다 쉽지 않네요."

"서로 다른 존재가 호흡을 맞춘다는 건 결코 쉬운 일이 아니지."

무열의 고개가 끄덕여졌다.

언중걸이 무슨 의미로 그렇게 말한 것인지는 모르겠지만,

가슴에 와 닿는 말이었다.

"달릴 때는 어떻게 합니까?"

"달려보고 싶으냐?"

"그게 아니라, 또 놀림감이 되고 싶지는 않아서요."

"하하하! 많이 싫었던 모양이군."

"장부는 작은 일에 연연하지 않아야 한다고 배웠습니다만, 놀림감이 되는 건 절대 사양하고 싶습니다."

무열이 힘주어 말했다.

그 모습이 제법 야무지고 올찼다.

'인석 봐라, 보기보다 당찬 구석도 있네?'

원래 사내다운 걸 좋아하는 언중걸이기에 무열의 이런 모습을 기분 좋게 받아들였다.

"장부라면 놀림감이 되지 말아야지. 좋다. 내가 가르쳐주마."

언중걸은 호기로운 모습으로 말하며 한쪽으로 말의 방향을 틀었다.

괜히 속도를 올렸다가 말들이 자극받을까 염려하여 멀찍이 거리를 두려는 것이다.

잠시 후, 언중걸은 자신의 옆으로 말머리를 나란히 한 무열을 향해 씩 웃었다.

"백 번 듣는 것보다 한 번 달려보는 게 훨씬 더 나은 법이다."

그러고는 가볍게 두 발을 내질렀다.

언중걸이 탄 말이 쏜살같이 달려 나갔다.

무열이 언중걸이 한 행동을 따라하자 그가 탄 말 역시 앞으로 달려 나갔다.

말이 달리기 시작하자 애써 유지해 온 자세가 흐트러지려고 했다. 박자가 어긋나려고 했지만, 무열이 집중력을 발휘하여 금세 적응해 나갔다.

작은 일에 요령이 생기면 큰일에도 요령이 생긴다는 걸 무열을 통해 알 수 있었다.

"잘하는구나. 자, 속도를 올려보자."

고개를 끄덕인 언중걸이 엉덩이를 살짝 들더니, 말의 속도를 올렸다.

두두두두!

언중걸이 탄 말이 탄환처럼 튀어 나갔다.

가타부타 설명이 없었지만, 무열은 언중걸의 자세를 유심히 눈여겨 보았다.

'이렇게 엉덩이를 살짝 들고……'

무열은 잠깐의 시간을 두고 나름 안정적인 모양새가 되었다고 싶자 언중걸처럼 달리는 말의 속도를 높였다.

두두두두!

무열이 탄 말이 초지를 박차고 내달렸다.

"아!"

무열은 눈을 크게 떴다.

몇 번 위태로운 순간을 지나고 나니 자신이 말을 달리고 있음을 실감했다.

단번에 이 장여 간격을 달리는데, 바람이 질풍처럼 몸에 부딪쳐 튕기니 마치 나는 것 같은 기분이 들었다.

'좋구나!'

바람을 가른다는 기분이 이러할까.

통쾌한 마음마저 들었다.

이대로 세상 끝까지 달려보고 싶었다.

"좋으냐?"

언중걸이 말을 걸어온 건 반 각을 내달린 후였다.

반 각에 불과한 시각이었으나, 두 사람은 무리에서 한참이나 떨어져 나와 있었다.

"감사합니다."

무열은 그것으로 자신의 마음을 표했다.

"지금 네가 느끼는 기분, 바로 그것 때문에 말을 사랑하게 되었다."

무열은 그 기분을 알 것 같았다.

자신 역시 목도를 휘두를 때면 그랬으니까.

언중걸의 표현을 빌리자면 무열 자신 역시 목도를 휘두르는 걸 사랑하고 있는지도 모른다. 그 생각을 하고 나니 피식 웃음이 나왔다.

"철마보의 사람이 되었으니, 어떠한 경우에라도 내 동생을 지켜주었으면 한다."

언중걸이 뜬금없는 말을 했다.

무열은 멍청히 쳐다봤다.

"저자에서 네가 한 행동을 보았다."

"아!"

무열은 알겠다는 표정을 지었다.

하나 언중걸이 말하는 건, 홍의소녀가 한 것이지 자신이 한 게 아니었다.

"제가 한 게 아닙니다. 황소를 쓰러트린 건……."

"알고 있다."

"예?"

"네가 쓰러트린 건 아니지만, 네가 한 행동은 아무나 할 수 있는 게 아니다."

그뿐이 아니다. 언중걸은 코앞까지 황소가 돌진해 왔음에도 무열이 추호도 흔들리지 않고 있다는 걸 알아보았다.

게다가 객잔 앞을 왔다 갔다 하며 보여준 무열의 민첩한 모습. 그건 예사로운 움직임이 아니었다.

아이와 아낙을 구하고자 하는 의협심과 범상치 않은 실력.

언중걸이 무열을 여기까지 끌고 온 이유였다.

철마보에서 일하려고 온 아이이니 따로 적을 두고 있는 문파가 없을 것이다. 하니 잘 성장한다면 후에 크게 쓰일 거라 여겼다.

"지금 당장 그렇게 해달라는 게 아니다. 향후 힘이 생기면 본보와 이지를 지켜달라고 부탁하는 거다. 어때? 해줄 수 있지?"

"아, 그, 그렇게 하겠습니다. 그리고 전……."

무열은 석군평에 대해 이야기하려고 했다.

한데 언중걸이 갑자기 조용히 하라고 했다.

"쉿!"

무열은 급히 입을 다물었다.

"말에서 내려라. 소리 내지 말고 조용히 따라오너라."

언중걸은 말에서 내린 후 무열이 말에서 내리자 말고삐를 놓으며 북쪽 구릉을 향해 기민하게 움직였다.

무열 역시 말고삐를 놓고 달려갔다.

잠시 후, 두 사람은 구릉 두 개를 넘은 후 커다란 바위 위에 바짝 엎드렸다.

전방을 살피는 언중걸의 표정은 돌처럼 굳어 있었다.

"뭐하는 사람들일까요?"

이백에 가까운 무리가 보였다.

하나같이 병장기를 휴대하고 있었다.

"천하녹림맹(天下綠林盟)이다."

"천하녹림맹이요?"

천하녹림맹은 천하에 산재한 녹림의 무리들이 결맹하여 세운 집단이었다.

무열도 녹림이 무엇인지 정도는 알고 있었다.

"저들이 단독으로 움직인 거라면 모를까, 황보세가의 입김이 저들마저 움직일 정도라면 북무련이 더 힘들어지겠구나."

황보세가.

팔황무적가(八荒無敵家) 혹은 팔황무적황보가(八荒無敵皇甫家)라 불리는 무가로 장강 이북에 지대한 영향을 끼치고 있었다.

탄식하듯 중얼거린 언중걸은 곧 무열의 옷자락을 잡아 뒤로 끌었다.

"넌 이지에게 달려가 기습에 대비하라고 알려라. 무슨 일이 있어도 전마들을 잃으면 안 되니, 혹여 상황이 여의치 않으면 협곡으로 달리라고 말해주어라. 그리고 난 상황을 봐서 저들의 후미를 쳐 교란할 거라고 말해주면 알아들을 게다."

"아, 알겠습니다."

무열은 언중걸의 지시를 받고 말을 세워둔 곳으로 돌아가 곧장 언이지에게로 말을 달렸다.

'늦으면 큰일이다. 말아. 제발 있는 힘껏 달려다오.'

기습이 시작된 후에 도착하면 늦는다. 무슨 일이 있어도 일이 터지기 전에 도착해야 한다. 무열은 말 위에서 떨어지는 위험을 무릅쓰고 전속력으로 말을 달렸다.

'다행이다!'

언이지가 이끄는 무리를 발견한 무열은 안도의 표정을 지었다.

다행히 기습이 벌어지기 전에 도착한 것이다.

"오라버니는?"

"기습입니다."

언이지가 물었고, 무열이 동시에 꺼내 놓은 말이었다.

"누굴 기습해?"

"아, 아니요. 천하녹림맹이 기습을 할 것이니 그에 대비하라고 하셨습니다. 무슨 일이 있어도 전마들을 잃으면 안되니 상황이 여의치 않으면 협곡으로 달리랍니다."

"뭐, 뭐야?"

"또 형님께서는 적들의 후미를 교란할 것이니 그리 전하면 알아들을 것이라고 하셨습니다."

언이지의 얼굴이 심각하게 굳었다.

거짓도 아니고, 장난도 아니라는 것을 단박에 알았다.

언이지는 잔뜩 굳은 얼굴로 주위를 둘러봤다.

"백 대주님!"

언이지가 소리치자 중년의 무장이 말을 몰아왔다.

"천하녹림맹의 기습에 대비하라는 오라버니의 전갈입니다."

철마보의 단 하나뿐인 무력대, 철마대(鐵馬隊)를 이끌고 있는 중년 무장이 흠칫 놀랐다.

하나 낭인 출신이라 그런지 금세 냉정을 유지했다.

"숫자는 어느 정도랍니까?"

철마대주의 물음에 언이지는 무열을 돌아봤다.

"이백 정도 되는 것 같았습니다."

"녹림도 이백 정도라면 북무련에서 파견한 흠검단(欽劍團) 오십여 고수들을 어쩔 수 있는 정도가 아닙니다."

"하면?"

"이전에도 그랬듯이 혼란을 조장하여 전마들을 죽이거나 도주하도록 만드는 게 저들의 목적일 겁니다."

"그렇다면 오라버니가 전한대로 협곡으로 가는 게 좋겠군요?"

"녹림도들을 처리할 때까지 전마들을 그곳에 몰아두는 것도 나쁘지 않을 것 같습니다."

"좋습니다. 백 대주님께서는 흠검단의 무사들에게 이 사실을 알리세요."

"그리하겠습니다."

철마대주가 빠르게 움직였다.

언이지는 몰이꾼들에게도 이 같은 사실을 알려 싸움이 시작되면 협곡을 향해 전속력으로 전마들을 몰이하도록 지시를 내렸다.

그런 후 무열에게 시선을 돌렸다.

"넌 내 곁에서 한 발자국도 떨어지지 마라."

이제 열셋 정도로 보이는 무열이다 보니 자신이 지켜주어야 한다고 여긴 언이지였다.

무열은 사내였고, 장부이기를 바랐지만, 지금 자신이 해야 할 일이 무엇인지 알지 못하였기에 고개를 끄덕일 수밖에 없었다.

천하녹림맹의 기습은 그로부터 반 각이 지나기도 전에 시작되었다.

두 차례의 기습적인 화살 공격이 있은 후 이백여 녹림도들이 먼지를 일으키며 말을 달려왔다.

이미 만반의 준비를 하고 있었지만, 기습적인 화살 공격으로 인해 십여 필의 전마가 죽거나 다쳤다.

"전속력으로 달려!"

언이지가 고함을 질렀다.

소녀 특유의 뾰족한 음성이 들리자마자 말몰이꾼들이 발빠르게 움직였다.

"이럇!"

"핫!"

두두두두두두!

육십여 필의 전마들이 일제히 내달리기 시작했다.

몰이꾼들이 능숙하게 방향을 조절하여 주었기에 이탈한 말이 없이 줄지어 달렸다.

마치 기다렸다는 듯이 전마들이 내달리기 시작하자 덮쳐오던 천하녹림맹의 녹림도들이 일제히 방향을 틀어 달리는 말의 속도를 배가시켰다.

하나 그들의 앞쪽엔 북무련 소속의 흠검단 무인들이 길게 늘어서 앞을 가로막고 있었다.

"한 놈도 통과시키지 마라!"

수장의 고함과 동시에 흠검단 무인들이 말에 박차를 가해 동시에 튀어 나갔다.

두두두두!

양측의 무리들이 대지를 짓밟으며 지축을 흔들어댔다.

언이지는 그 광경을 살펴보며 전마들의 이동 역시 세심히 살폈다.

'더 이상은 안 돼! 더 이상 한 마리도 잃지 말아야 해.'

언이지는 입술을 깨물었다.

그 광경을 본 무열은 말의 안장 한쪽에 고정해 둔 목도를 자신도 모르게 움켜잡았다.

'난 소씨 남자다. 내가 할 일은 내가 한다.'

이백여 녹림도들과 오십여 흠검단의 무인들은 순식간에 격돌했다.

채채채쟁! 촤좌좌좡!

병장기 부딪치는 소리가 초지를 뒤흔들었다.

"죽어라!"

"감히 녹림도 따위가!"

"와하하하! 우리가 바로 녹림의 호걸들이시다. 검을 내미는 자 죽을 것이고, 목을 내미는 자 역시 죽을 것이다!"

"죽여라! 죽여!"

양측의 살기 어린 고함이 쩌렁한 가운데, 그들이 탄 말들의 투레질 소리가 격하게 토해졌다.

쩌어어엉! 스컥!

"크아아아악!"

비명과 고함이 난무하는 가운데, 오십 정도 되는 녹림도가 격전장을 벗어나 언이지가 이끄는 철마보의 무리들 쪽으로 말을 달렸다.

"절대 통과시켜서는 안 된다!"

철마대주가 이끄는 삼십여 명의 철마대가 오십여 녹림도를 막아섰다.

양측은 순식간에 격돌했고, 피가 난무하는 참혹한 광경이 벌어졌다.

"뒤돌아보지 마!"

언이지의 외침에 무열은 황급히 고개를 돌렸다. 그 덕분에 참혹한 광경을 계속 눈에 담지 않아도 되었다.

그러는 사이 전방에 커다란 협곡의 입구가 보였다.

"그대로 달려! 협곡 안으로 들어가면 더 이상 전마들을 잃지 않아도 돼!"

언이지가 소리쳤다.

얼굴에 안도의 표정이 떠오르고 있었다.

녹림도의 숫자가 많다고는 하나 그 정도 숫자로는 북무련의 흠건단 무사들과 철마대를 능가하지 못한다. 하니 협곡 안에서 잠깐만 기다리면 흠건단과 철마대 어느 쪽이 되었든 협곡의 입구를 지켜줄 대원들이 달려와 줄 것이다.

그 후에는 녹림도를 쓸어버리는 일만 남는다.

언이지는 그렇게 되리라 믿어 의심치 않았다.

"안으로 들어가면 조금씩 좁아지니까 속도를 늦추세요!"

언이지가 외치는 사이 선두부터 시작해서 협곡 안으로 빨려들 듯 진입했다.

무열은 언이지가 말의 속도를 늦추는 모습을 눈여겨 보았다가 자신 역시 말의 속도를 늦추었다. 그런 무열의 모습은 처음 말을 탄 것이라고 믿기 어려울 정도로 안정적이었다.

두두두두두!

협곡 안이 요동쳤다.

언이지의 말처럼 갈수록 폭이 좁아졌지만, 몰이꾼들이 능숙하게 속도를 조절하여 서로 뒤엉킨다거나 하는 불상사는 일어나지 않았다.

잠시 후 말을 멈춘 언이지는 안도의 한숨을 쉬었다.

육십여 필 모두 무사했기 때문이다.

"모두들 수고했어요. 장씨 아저씨는 혹시 모르니 반대쪽 출구를 살펴보세요. 다른 분들은 말들을 진정시키도록 하구요."

협곡은 거대한 물길이 굽이쳐 만들어진 듯 말굽 모양을 하고 있었다. 그리고 언이지 등이 멈춘 곳은 크게 굽이친 곳의 중앙으로 백여 필의 말들을 한꺼번에 가둬둘 수 있을 정도로 널찍한 공간이었다.

언이지의 지시에 따라 장웅이 반대쪽 출구를 향해 말을

타고 달려갔다.

"다른 분들은 자리를 지키고 계세요. 넌 날 따라와라."

네 명의 몰이꾼들은 말들이 날뛰지 못하도록 자리를 지켰고, 무열은 언이지의 뒤를 따라갔다.

한데 얼마 가기도 전이었다.

반대쪽 출구로 달려갔던 장웅이 황급히 돌아왔다.

"무슨 일이에요?"

언이지가 물었다.

그녀의 가슴엔 왠지 모를 불길함으로 인해 찬바람이 불고 있었다.

"막혔습니다."

"예에?"

"누군가 의도적으로 막은 것이 분명합니다."

순간, 언이지의 뇌리에 결코 생각하고 싶지 않은 두 글자가 떠오르고 말았다.

"하, 함정!"

모두의 얼굴이 굳었다.

찬바람이 협곡 안을 휩쓸고 간 듯 간담이 서늘해졌다.

그때였다.

"……!"

"뭐, 뭐지?"

모두들 무언가에 이끌린 사람처럼 자신들이 들어왔던 곳을 되돌아봤다.

팟팟팟팟팟팟!

협곡을 울리며 무언가가 몰려오고 있었다.

전마들의 말발굽 소리보다 훨씬 더 가벼웠다.

하나 그 소리가 이끌고 오는 섬뜩한 느낌은 육십여 필의 말들이 일제히 돌진하는 것보다 수배는 더 강렬했다.

푸릉! 푸릉!

전마들이 동요하기 시작했다.

그나마 전투마로 키워진 덕분에 날뛰지는 않고 있으나 겁먹고 있음이 분명했다.

"얼룩눈이를 잡아!"

얼룩눈이는 전마들의 우두머리다.

그놈이 날뛰면 모두가 날뛴다.

장웅이 외치자 몰이꾼 중의 하나가 전마들 중 가장 큰 놈의 고삐를 움켜잡으며 진정시켰다.

"옵니다!"

바로 그때 오십여 장 전방의 모퉁이를 돌아 번개같이 튀어나오는 놈들이 있었다.

잿빛의 털들을 곤추 세운 이리 떼였다.

시야에 들어온 숫자가 수십이었다. 눈 한 번 깜박이자 그만큼이 더 늘어났다. 잠깐 사이에 일백이 넘어 버렸다.

"마, 맙소사!"

"저, 저, 저, 저, 저……!"

모두들 혼비백산할 정도로 놀랐다.

온몸의 터럭이 곤두설 정도였다.

"마, 막아야 해!"

어디서 그런 용기가 났을까?

언이지가 정신을 차리고 앞쪽으로 달려 나갔다.

몰려오는 이리 떼의 숫자가 많으니 조금이라도 더 폭이 좁은 곳에서 막으려는 것이다.

언이지가 달려 나가자 무열이 바짝 따랐다.

"아, 아가씨!"

"어떻게……!"

"뭘 어떻게 해? 막지 못하면 끝장이다!"

장웅이 달려가며 소리쳤다. 그의 손에는 날이 시퍼런 직도가 쥐어져 있었다.

나머지 세 명의 몰이꾼들도 직도를 뽑아 들고 뒤를 따랐다.

무인이라 칭하기도 부끄러운 솜씨지만, 넋 놓고 있을 수는 없었다.

"그따위 것으로 뭘 해! 가서 전마들이나 지켜!"

무열의 손에 목도가 들려 있는 것을 본 언이지가 물러나라며 손짓했다.

무열이 대꾸하기도 전에 장웅이 달려와 언이지와 나란히 섰고, 이어서 세 명의 몰이꾼들이 빈자리를 채웠다.

무열은 한 걸음 뒤에서 그들이 하는 양을 바라볼 수밖에 없었다.

"뒤를 부탁합니다."

장웅이 돌연 앞으로 몇 걸음 나갔다.

그리고 가장 먼저 달려드는 놈의 아가리를 향해 직도를 휘둘렀다.

써컥!

쩍 벌린 아가리를 중심으로 머리통의 위아래가 분리되었다.

쓰칵! 서걱!

장웅의 직도가 번개처럼 움직였다. 그때마다 달려들던 놈들의 팔다리가 떨어져 나갔다. 소싯적에 낭인으로 떠돌던 실력이 빛을 발하고 있었다. 하지만 그가 베어야 할 이리들의 숫자는 일이십 정도가 아니었다.

베어도, 베어도 끝이 없었다.

장웅은 달려드는 이리 떼들로 인해 옴짝달싹 움직일 수가 없었다.

장웅의 좌우로 갈라져 움직인 이리들이 뒤쪽의 언이지와 다른 이들을 향해 달려들었다.

"물러나면 당해요!"

언이지가 소리치며 허리에서 연검을 뽑아 그었다.

쉬이이이잉!

기묘한 울음을 터트린 연검이 낭창낭창 휘어져 가장 앞쪽에서 달려드는 놈의 목을 자르더니 검끝이 반원을 그리며 또 다른 놈의 미간을 꿰뚫었다.

다른 몰이꾼들도 미친 듯이 직도를 휘둘러댔다.

이류에도 미치지 못하는 칼솜씨였으나 오랫동안 말들을 돌보던 힘이 있어 한 마리씩 단칼에 물리치고 있었다.

하나 이리들의 숫자가 많았다.

많아도 너무 많았다.

이십여 마리가 땅바닥을 나뒹굴기도 전에 몰이꾼 중의 한 명이 다리를 물리고 말았다.

"으악!"

몰이꾼이 휘청 쓰러지며 자신의 다리를 물고 늘어지는 놈의 두개골을 향해 직도를 내려쳤다.

하나 그것이 악수가 되어 버렸다.

직도가 두개골에 박혀 뽑히지 않은 것이다.

땅바닥에 주저앉은 몰이꾼을 향해 이리들이 송곳니를 번뜩이며 달려들었다.

"종쾌!"

"조심해!"

모두들 기겁했다. 그러나 도울 엄두조차 내지 못할 정도로 이리들이 마구 달려들고 있었다.

"어, 어어어어!"

다리를 물려 땅바닥에 주저앉은 종쾌는 사색이 된 얼굴로 손을 들어 자신의 얼굴을 가렸다.

자신의 목덜미를 물고 숨통을 끊으려 드는 이리들을 향해 그가 할 수 있는 마지막 몸부림이었다.

화아아아아!

콧등에 잔뜩 주름을 만들고 아가리를 쩍 벌린 놈들이 코 앞까지 들이닥쳤다.

절체절명의 순간.

빠악! 빡!

두개골이 빠개지는 소리가 연달아 터졌다.

빠—악! 빠악! 빠악! 빡!

모두들 곁눈질로 살펴보았다가 깜짝 놀랐다.

작은 체구의 무열이 조잡하기 짝이 없는 목도로 거의 자신만큼이나 큼지막한 이리들을 한 방에 한 마리씩 날려 버리고 있었다.

쉬아아아악!

목도가 바람 소리를 터트리면 반드시 한 놈의 머리가 빠개져 저만큼 나가떨어졌다.

빠악! 빡빡빡빡!

빠르기도 정말 빨랐다.

단순한 내려치기였지만, 워낙 빨랐기에 거의 동시에 달려드는 이리들을 남김없이 날려 버리고 있었다.

"흐아아아압!"

무열은 괴성을 지르며 전진했다.

그 기세가 워낙 강렬하여 이리들이 위축될 정도였다.

"자리를 지켜!"

언이지가 소리쳤다.

하나 무열은 아랑곳않고 계속 전진하더니 장웅과 어깨를 나란히 하며 더욱 사납게 목도를 휘둘러댔다.

그 덕분에 장웅의 숨통이 트였다.

하나 급격히 지쳐 가고 있는 장웅이었다. 공력이 샘솟듯 하는 고절한 무공의 고수가 아니었기에 금방 한계를 드러낼 것이 분명했다.

"뒤를 부탁합니다."

무열이 외쳤다.

장웅은 머뭇거렸다. 하나 힘이 넘쳐 나는 무열의 모습에 고개를 끄덕이며 뒤로 물러났다. 상황을 보아 다시 교대해 주기로 하고 일단은 무열에게 맡기는 게 나을 것 같았다.

"흐아아아아아압!"

장웅이 뒤쪽의 빈자리를 채우자 무열은 맹수의 포효와 같은 괴성을 지르며 사납기 짝이 없는 목도를 미친 듯이 휘둘러댔다.

목도에 강타당한 이리들이 단박에 나가떨어졌다.

하나같이 머리통이 부서졌다.

땅바닥에 나뒹구는 이리들의 숫자가 계속 늘어났다.

지칠 줄 모르고 목도를 휘둘러대는 무열의 기세가 갈수록 사나워졌다.

이리들을 계속 상대하면서 요령이 생겨 좌우로 움직이기까지 하자 더 많은 숫자의 이리들이 머리통이 부서져 다시는 일어나지 못했다.

무열 덕분에 어느 정도 숨을 돌릴 수 있게 된 언이지 등은 점차 막을 수 있다는 자신감이 생기기 시작했다.

반면 이리들의 기세는 갈수록 사그라졌다.

그때였다.

삐이이이이이아—익!

날카로운 소리가 길게 울렸다.

그러자 물밀듯이 달려들던 이리들의 공세가 우뚝 멈추어졌다.

그리고 무열을 비롯한 모두가 안도의 숨을 내쉬기도 전이었다.

파앗! 팟팟!

돌연 거대한 그림자가 무열을 덮쳤다.

깜짝 놀란 무열이 머리 위를 쳐다보자 가히 송아지만큼 커다란 이리가 벼락같이 덮쳐 오고 있었다.

제5장
언중걸

"조심해!"

언이지가 외치기도 전에 무열이 움직였다.

하지만 워낙 갑작스러웠던 데다 놈의 덮치는 속도가 상상 이상으로 빨라 목도를 휘두를 생각도 못하고 뒤로 물러나고 말았다.

무열은 자신의 그런 모습에 화가 났다.

사내답지 못하다고 여긴 것이다.

크르르르릉!

콧등에 잔뜩 주름을 만든 채 양쪽의 송곳니를 드러낸 놈의 모습은 포악 그 자체였다.

언이지 등은 놈의 커다란 덩치에 놀랐고, 무공 고수의 살기처럼 흉맹하기 짝이 없는 기세에 또 한 번 놀랐다.

놈은 온몸이 잿빛의 털로 가득했다.

등줄기를 따라 붉게 물든 털이 칼날처럼 잔뜩 곤두서 있어 두려움이 일 정도로 위용이 대단했다.

크르르르르릉!

놈은 노란 눈으로 무열을 노려봤다.

무열 역시 목도를 치켜든 채 놈을 쏘아봤다.

둘은 절정 고수들처럼 첨예하게 대치했다.

'난 범잡이를 하는 소씨 남자다! 범도 두렵지 않거늘, 이따위 개새끼 정도는 아무것도 아니다!'

무열은 정말 두렵지 않았다.

단지 피가 들끓을 뿐이었다.

자신 안의 무언가를 쏟아내고 싶었다. 눈앞에서 송곳니를 드러내고 있는 놈을 끝장내 버리고 싶었다.

"와봐! 이 개새끼야!"

무열이 소리쳤다.

동시에 놈이 대지를 박차고 번개처럼 덮쳐 왔다.

"물러나!"

"피해!"

언지와 장웅이 동시에 외쳤다.

그러나 무열은 그 작은 덩치로 당당히 선 채 기다렸다는 듯이 목도를 휘둘렀다.

쉬아아아아악!

공기가 터지는 듯한 파공음.

수년 간의 고련이 빛을 발한 순간, 눈앞에서 덮쳐 오던 놈이 아래로 푹 꺼지더니 뒤로 훌쩍 물러났다.

그야말로 민첩하기 짝이 없는 진퇴였다.

무열의 목도는 빈 허공만을 갈랐다.

놈은 무열이 자세를 잡기 전에 달려들고자 했다. 하나 무열의 동작 역시 무척이나 잽쌌다.

목도가 순식간에 제자리를 찾아 단박에 머리통을 부셔놓을 기세인지라 놈은 다시 물러나야 했다.

무열이 그런 놈을 향해 한 걸음에 달려들었다.

하나 놈 역시 비슷한 속도로 훌쩍 물러났다.

'뭐, 이런 개새끼가 다 있어?'

무열은 어이없다는 표정을 지었다.

몸 안의 바람을 본 이후로 자신보다 더 빠른 짐승을 본 적이 없었다. 범을 잡을 자신이 있었던 것도 그 때문이었는데, 눈앞의 놈은 가히 자신과 비슷한 움직임을 보이고 있었다.

하나 놈 역시 비슷한 눈빛을 하고 있다는 것을 무열은 알지 못했다.

어린 인간 놈이 휘두른 목도가 어찌 그리 강맹한지 쉽사리 달려들 수가 없었다. 움직임이라도 둔하면 한 입에 찢어버릴 수 있을 터인데, 빠르기 역시 자신에 못지않아 조금만 방심하면 수하들이 당한 것처럼 머리통이 부서져 골로 갈 것만 같았다.

그렇게 둘은 다시 대치했다.

"와봐!"

크르르르르!

"안 올 거면, 꺼져!"

크르르르르!

무열도 쉽사리 달려들지 않았다.

이리들의 우두머리로 여겨지는 놈이 범상치 않게 강하다는 걸 알았고, 또한 시간을 버는 게 결국 자신들에게 이롭다는 것을 잘 알고 있었기 때문이다.

하여 소리만 지를 뿐, 제자리를 고수했다.

하지만 시간은 계속 흘렀고, 누구도 돌아오지 않았다.

북무련의 흠검단 소속의 검수들은 물론이고, 철마대원들과 언중걸 역시 돌아올 기미조차 보이지 않았다.

언이지는 초조했다.

협곡으로 들어온 지 반 시진이 지났는데도, 오라버니를 비롯하여 누구도 돌아오지 않았다.

'설마…… 아니, 아니야! 결코 그럴 리가 없어.'

언이지는 그럴 리가 없다고 강하게 부인했다.

하지만 시간이 충분히 지났음에도 돌아온 이가 없었다.

게다가 이리들이 나타났을 때 들렸던 신호음. 그건 분명이리들을 부리는 자가 있다는 것을 의미했다.

'만수산인(萬獸山人)? 아니면 겁랑문(劫狼門)?'

어느 쪽이 되었든 천하녹림맹과 함께 함정을 준비할 정도로 주도면밀한 적이니, 흠검단과 철마대의 무력에 관해서도 꼼꼼히 파악을 했을 것이 분명하다.

그들의 계산에 포함되지 않은 것이 있다면 난데없이 등장한 무열과 세상에 알려지지 않은 사실 하나가 있으니 바로 자신의 오라버니다.

'오라버니가 당할 일은 없어. 하지만 너무 늦어…….'

언이지는 아직도 대치 중인 무열에게 시선을 주었다가 하늘을 쳐다봤다.

어두워지고 있었다.

이대로 한 식경 정도만 더 지나면 협곡 안은 완전히 어둠에 갇히게 될 터였다.

어둠이 오면 어느 쪽이 유리할까?

언이지가 그런 생각을 할 때였다.

돌연 이리 떼의 후미가 어수선하고 흉흉해졌다.

언이지 등이 기대와 불안이 교차하는 시선으로 살펴보니 일백여 마리의 이리 떼 사이를 홀로 걷고 있는 자가 있었다.

거리가 먼 데다 붉은 핏물을 흠뻑 뒤집어쓰고 있어 인상착의가 분명치 않았다. 그러나 양손에 나누어 쥔 두 자루의 핏빛 도끼만큼은 충분히 알아볼 수가 있었다.

이리들은 송곳니를 드러내며 남자를 경계했다.

하지만 달려들 것처럼 사나운 기세만 드러낼 뿐, 실제로 달려들지를 못했다.

터벅터벅 걸어오는 남자의 주위로 섬뜩한 기운이 풍기고

있었기 때문이다. 남자의 걸음을 따라 흡사 죽음의 기운이 협곡을 채우고 다가오는 것 같은 착각이 들었다.

"오, 오라버니!"

언이지가 놀라 부르짖었다.

혈귀처럼 피에 절은 남자의 정체는 다름 아닌 언중걸이었다.

삐이이익! 삐익! 삑삑삐이이익!

갑자기 좀 전에 들었던 날카로운 소리가 다급히 울려댔다.

크르르르릉!

무열과 대치하던 이리들의 우두머리가 한 차례 으르렁거리더니 훌쩍 물러났다. 그리고는 곧 다른 이리들을 거느리고 터벅터벅 걸어오는 언중걸을 회피하여 빠른 속도로 사라졌다.

잠시 후, 일행들 앞에서 걸음을 멈춘 언중걸은 차가운 광기가 자리한 눈으로 사람들을 훑어보더니 그 자리에 털썩 주저앉아 가부좌를 틀었다.

"불을 피워라."

언중걸은 나직이 말하고는 두 눈을 감았다. 그리고 한동안 꿈쩍도 하지 않았다.

무열은 장웅 등과 바쁘게 움직였다.

반대쪽 출구를 막고 있는 거목들의 가지를 잘라내 모닥불

을 피우고, 큼지막한 돌판을 주워와 미리 해체해 둔 이리의
고기를 구웠다.

틈틈이 언중걸을 힐끔 살폈더니, 고개를 푹 숙이고 앉은
채 꼼짝 않고 앉아만 있었다. 언이지는 그런 언중걸의 곁을
한시도 떨어지지 않고 지켰다.

이리 고기가 지글거리며 익어가자 무열은 언이지와 언중
걸에게 다가갔다.

"고기가 익었습니다."

"됐어."

"조금이라도……."

"우린 괜찮으니까……."

"아니다. 우리도 가서 먹자꾸나."

언중걸이 언이지의 말을 잘랐다.

언이지는 눈을 크게 뜨며 언중걸을 돌아봤다.

"오라버니?"

"괜찮다. 이제 괜찮으니까 요기부터 하자."

언중걸이 웃으며 자리에서 일어났다. 그리고 멀뚱히 바라
보는 무열의 어깨를 가볍게 두드렸다.

"잘했다."

무열이 싸우는 모습을 직접 보지는 못했으나 둔기에 맞아
머리통이 부서진 것처럼 보이는 이리들의 시체가 넘쳐 났다.
그리고 무열 외에는 모두들 칼을 들고 있었다.

하니 그것만으로도 무열의 활약이 어떠했는지 충분히 가

늠할 수 있었으리라.

"어찌 된 겁니까?"

무거운 분위기 속에서 장웅이 어렵게 물었다.

모두의 이목이 언중걸에게로 집중되었다.

언중걸은 이리 고기를 씹으며 대답했다.

"전부 죽었다."

"전멸이란 말입니까?"

"그래."

"철마대가 전부……?"

"죽었어."

모두의 표정이 딱딱하게 굳었다.

울분을 토하는 것조차 조심스러울 정도로 분위기가 경직
되었다.

그러한 가운데 언중걸만이 열심히 고기를 씹었다.

냉정해서가 아니다.

분노는 적들에게 쏟아내야 한다는 것을 잘 알기 때문이
다.

참고, 참았다가 적들에게 모조리 쏟아내야 제대로 갚아줄
것이 아니겠는가.

"흠검단까지 그렇게 된 건 의외군요."

한참 후에 장웅이 입을 열었다.

아직은 상황이 끝난 것이 아니기에 잠시라도 철마대에 대
한 일을 젖혀두어야 했다. 하여 일부러 꺼낸 말이었는데,

언중걸의 입에서 의외의 말이 나왔다.

"어중이떠중이 쓸모없는 자들만 골라 보낸 모양이야."

"하지만 상대는 녹림입니다."

"황보가의 무리들이 섞여 있었어."

"아!"

장웅이 알겠다는 표정을 지었다.

언이지 역시 마찬가지였다.

흠검단과 철마대의 전멸이 이제야 납득이 된 것이다.

또한 길길이 날뛰었어야 할 언중걸이 돌덩이처럼 무겁게 앉아 있는 이유 역시 이제야 알 수 있었다.

"이제 어떡해요?"

언이지가 물었다.

언중걸은 돌판 위의 고기를 집어먹으며 내뱉듯이 대답했다.

"책임자는 너다."

"하, 하지만 지금은 예기치 않은 상황이잖아요."

"예기치 않은 상황은 언제든 일어날 수 있는 법이다. 참고로 말하자면 이리들을 조정한 자는 만수산인이다. 적들은 그자 외에는 더 이상 존재하지 않는다."

존재하지 않는다는 건 다시 말하면 전부 죽었다는 뜻이다.

모두의 얼굴에 안도의 빛이 어렸다.

하나 금세 시무룩해졌다. 비록 낭인들을 끌어 모은 철마대라고는 하지만, 그동안 한솥밥을 먹은 사람들이지 않은가.

'벌써 세 번째야. 더 이상은 힘들어. 이제는 낭인들도 본 보로 오지 않으려고 할 거야.'

철마대가 전멸을 당한 게 벌써 세 번째다.

쓸 만한 무인들은 북무련이나 황보가 같은 거대 무파에서 쓸어가 버렸다. 그 탓에 철마보 같은 군소 문파들은 낭인 시장으로 시선을 돌릴 수밖에 없었다.

문제는 낭인들만으로는 거대 문파들의 세력 싸움 사이에서 버텨내기가 쉽지 않다는 거였다.

'이젠 숙부님을 믿고 기다리는 수밖에 없다. 숙부님께서 뛰어난 사람들을 데려오지 못한다면 본보는 북무련에 흡수당할 수밖에 없을 거야.'

언이지가 생각하고 있는 숙부는 다름 아닌 석군평이었다.

철마대가 두 번이나 전멸을 당해 버리자 철마보는 보다 강력한 무력대를 만들기로 결정했다. 문제는 그렇게 하기 위해서는 뛰어난 무인들이 필요한데, 인근에서는 찾아볼 수가 없다는 것이었다.

하여 철마보는 중원이 아닌 변방으로 시선을 돌렸다. 제법 명성을 떨치고 있는 이들 중에 철마보에 어울릴 만한 자들을 선별한 후 그들을 끌어들이기 위해 석군평이 장도에 올랐다.

그게 벌써 한 달 전의 일이었다.

무열과의 우연한 만남은 그 와중에 이루어진 일이었다.

"어찌할 것이냐?"

"거래는 마쳐야지요."

언중걸의 물음에 언이지가 단호히 대답했다. 좀 전에 어찌해야 하는지 묻던 모습과는 전혀 달랐다.

어쨌거나 여기서 물러난다면 적들도 무리하게 공격하지 않을 공산이 컸다.

모든 걸 독차지하려고 하는 황보가의 성향 때문이다.

황보가는 자신들 외에는 안중에 두지 않는다. 패도적이고, 모든 걸 독차지하려고 하는 독존적인 성향이 강한 곳이다.

그래서 지금처럼 견제만 해왔다.

적당한 세력들을 동원하여 북무련으로 판매되는 전마들의 숫자만 줄이려고 했다.

언제가 되었든 철마보를 집어삼킬 생각인 것이다.

"그래, 거래는 마쳐야지. 그게 우리 철마보의 신조다."

언중걸이 낮게 깔린 음성으로 말했다.

황보가에 대한 적대감이 그렇게 내비치고 있었다.

철마보의 혈통은 대대로 외골수에 반골적인 성향이 두드러졌다.

권위나 힘 따위에 굴복하지 않고 자신들의 길을 꿋꿋하게 지켰다.

그러한 성질을 잘 알고 있는 북무련이기에 지금껏 철마보를 억지로 끌어들이려고 하지 않았다.

"지금 이러한 상황을 북무련에서 알고 있을까요?"

"바보가 아닌 이상 알고 있을 거다."

"하면 이곳에서 버티면 이틀, 이곳에서 나가 북무련을 향해 이동하면 하루 정도라면 지원군을 만날 수 있겠군요."

"그럴 거다. 어떻게 하겠느냐?"

각기 장단이 있다.

그중 조금이라도 나은 선택을 해야 한다.

언이지는 빠르게 염두를 굴렸고, 곧 선택을 했다.

"이곳에 남겠어요."

"알았다."

언중걸은 고개를 끄덕였다.

그리고 더 이상 입을 열지 않았다.

언이지가 선택했으니 따르겠다는 뜻이다.

그때 지금껏 고기만 열심히 먹고 있던 무열이 고개를 갸웃했다.

"저어…… 한 가지만 여쭤도 됩니까?"

"당연히 된다."

언중걸이 대답했다.

웃지는 않았지만, 무열을 바라볼 때는 잔뜩 굳어 있던 얼굴이 아니었다.

"어차피 싸워다면 이왕이면 하루만 싸우는 게 낫지 않겠습니까?"

"당연하다. 이틀 동안 싸우느니, 하루만 싸우는 게 낫다.

게다가 적들이 어떤 준비를 하고 있는지 모르는 상황이라면
더더욱 그렇다."

"한데 왜……?"

"왜일까? 왜이겠느냐?"

언중걸이 되레 반문하자 무열은 멍청한 표정을 지었다.

이런 종류의 생각을 해본 적이 없기에 당황했다.

"내가 이지한테 전하라고 했던 말을 떠올려 보거라. 이
협곡으로 달려온 이유가 무엇이냐?"

무열은 언중걸이 전하라고 한 말을 떠올려 보았다.

'기습에 대비하고, 전마들을 잃으면 안 되니 상황이 여의
치 않으면 협곡으로 달리라고…… 아!'

과연 거기에 답이 있었다.

무열은 시선을 돌려 전마들을 바라보며 말했다.

"저 말들 때문이군요."

"그래. 이지는 더 이상 말들을 잃지 않기 위해 이곳에서
이틀을 버틸 결심을 한 거다. 하니 네가 많이 도와주어야
한다."

"제가 무슨……."

"고마웠다."

무열의 말을 끊은 건 언이지였다.

무열이 아니었다면 전마들을 지키지 못했을 것이다. 결코
부인할 수 없는 사실이다.

이번 기습에 적들은 철저한 준비를 했음이 분명하다. 이

쪽의 전력에 맞추어 전마들을 지키기 힘들 만큼만 보내왔으
니까.

하나 저들의 예상은 빗나갔다.

바로 무열이라는 변수 때문이었다.

"그냥 할 일을 한 건데요, 뭘……."

"아니야. 정말 대단했어. 네가 아니었다면 전마들을 지키
지 못했을 거다."

장웅이 고개를 크게 끄덕이며 말했다.

흐뭇해하는 미소가 한 가득이었다.

"아까도 말했다만, 정말 고맙다. 네가 아니었다면 난 지
금쯤 이리들의 뱃속에서 소화되고 있을 게다."

위기의 순간에 무열이 구해준 장한이 고개를 숙여가며 거
듭 감사를 표했다.

무열은 사람들의 칭찬에 머쓱해져 뒷머리를 긁적였다.

큰일을 하고도 자신을 내세우지 않는 모습이다. 그것만으
로도 본바탕이 어떠한지 잘 알 수 있었다. 하니 사람들의
미소가 더욱 푸근해질 수밖에.

"보주님, 어디서 데려왔는지는 모르지만, 정말 탁월한 안
목이십니다."

"제가 사람 보는 눈이 있지요."

장웅의 말에 언중걸이 어깨를 으쓱하며 말했다.

그 모습에 모두들 웃었지만, 무열은 고개를 쳐들고 놀라
는 반응을 보였다.

"보주님이셨어요?"

"몰랐나?"

"예."

장웅이 의아한 얼굴로 물었고, 무열은 짧게 대답하며 언중걸을 쳐다봤다.

"왜 그렇게 쳐다보느냐? 내가 보주처럼 안 보이는 게냐?"

사실 그렇게 안 보이긴 했다.

철마보에서 막일하는 일꾼으로 보였지, 보주로는 보이지 않는다.

그렇다고 그렇게 말할 수는 없는 일.

"아, 아니요."

"그럼, 내가 보주면 뭐가 달라지냐?"

"그렇다는 게 아니라……."

"넌 내가 직접 데려온 거니, 일종의 특채인 셈이다. 게다가 오늘 아주 큰일을 했으니 상을 받아 마땅하다. 하지만 상은 상이고, 일은 일이다. 본보로 돌아가면 마사에서 말똥 치우는 일부터 시작해야 한다."

언중걸이 제법 위엄을 풍기는 얼굴로 그리 말했다.

무열은 실망했다.

자신은 무인이 되고 싶어서 철마보로 온 것이기 때문이다.

무열은 더 늦기 전에 자신이 석군평을 만났고, 그 때문에 철마보로 온 것이라는 사실을 이야기하고자 했다.

한데 그에 관해 입을 열기도 전에 언중걸이 벌떡 일어났다.

"무슨 일이 있어도 자리를 지켜라."

그렇게 말하고는 허리춤에서 쌍도끼를 뽑아 들고는 협곡 입구를 향해 성큼성큼 걸어갔다.

굳어 있는 얼굴로 보아 심상치 않은 적들이 오고 있다는 것을 알 수 있었다.

모두들 무거운 얼굴로 자리에서 일어났다.

언중걸이 이십 보쯤 걸어가고 있을 때였다. 무열이 나직이 중얼거렸다.

"굉장히…… 강한 적 같아요."

언이지를 비롯하여 모두들 놀란 얼굴로 무열을 돌아봤다. 자신들은 아직 느끼지 못하고 있었기 때문이다.

'대체 이 아이는……!'

언이지는 흑요석처럼 새까만 눈으로 무열을 바라봤다.

처음 보았을 때는 왜소해 보이는 체구로 인해 대단치 않게 보았다. 그저 마사에서 잔심부름이나 시키려고 데려왔다고 생각했다.

한데 이리들을 물리칠 때 보여준 괴력과 지금 자신을 능가하는 감각, 그야말로 놀라움의 연속이었다.

그때였다.

멀리서 고수들이 격돌하는 강렬한 소리가 들려왔다. 벼락이 치는 것처럼 예사롭지 않은 굉음이 연달아 울렸다.

어둠을 바라보며 그 소리에 귀를 기울이고 있자니, 어둠 속에서 적들이 무수히 튀어나올 것 같았다.

모두들 긴장한 얼굴로 손에 쥔 병장기들을 움켜잡았다.

마른침을 삼켜가며 적들을 상대할 만반의 준비를 했다.

그런데 그러는 사이 격돌하는 소리가 점점 더 멀어져 갔다.

'오라버니……!'

언이지는 언중걸이 적들을 유인하고 있음을 간파했다. 그건 곧 적들이 그만큼 위험하다는 방증이었다.

"아직 끝난 게 아니에요."

언이지는 일행들의 긴장이 풀리는 것을 막기 위해 그리 말했다.

"너무 긴장하면 좋지 않대요. 긴장하면 몸이 굳어 실수를 할 수 있다고……."

무열은 언이지가 돌아보자 입을 다물었다.

언이지는 잠깐 미간을 찌푸리는가 싶더니 아직 불씨가 남아 있는 모닥불을 발로 흙을 덮어 껐다.

"네 말이 맞다. 또 잔뜩 긴장한 채로 밤을 보낼 수도 없으니, 이렇게 하면 적들도 우리를 보지 못할 거야. 조금은 긴장을 풀어도 되겠지."

언이지의 말에 모두들 적당한 곳에 자리를 잡고 앉았다.

하나 엄폐할 만한 마땅한 곳이 없었기에 바짝 곤두세운

촉각을 거두지는 못했다.

어둠 속에서 뭔가가 날아와 자신들의 명줄을 잘라 버릴지
모르는 형국이니 어찌 마음을 놓을 수 있겠는가.

긴장을 풀려고 해도 을씨년스러울 정도로 가라앉은 협곡
의 적막이 그럴 수 없게 만들었다.

"좀 전에 한 말, 누구한테 들은 거지?"

언이지가 물었다.

긴장을 조금이라도 풀어보려는 의도였다.

"고조부요."

"할아버지?"

"아니요. 할아버지의 할아버지요."

언이지는 일순간 말문이 막혀 버렸다.

증조부도 아니고, 고조부라니?

워낙 믿기 어려운 일인지라 그저 입만 쩍 벌렸다.

"연세가 어찌 되시지?"

언이지를 대신하여 장웅이 물었다.

모두들 조용한 게 이목을 집중하고 있음이 분명했다.

"백사십이 넘으셨어요."

"백사십?"

"예."

무열의 대답과 동시에 정적이 흘렀다.

누구 한 사람 입을 열지 못했다.

보통 사람의 경우 무공을 익히지 않은 이상 육십을 넘기

기 힘들었다. 설사 무공을 익혔다 하더라도 구십 정도가 보통인 것을 감안하면 정말 놀라지 않을 수가 없었다.

"저희 집안이 좀 오래 사는 편이에요."

무열이 머쓱하여 입을 열었다.

"좀 오래 사는 정도가 아닌 것 같은데……."

"정말 믿기 어렵군."

"무공이 신인지경에 오른다면 백오십 년이 아니라 이백 년도 산다고 했으니…… 혹시 그런 건가?"

뭐라고 대답할까?

흑지와 운기토납에 대해서는 절대 발설하지 말라는 어른들의 당부가 있으니 어찌 설명할지 난감했다.

"말하기 어려운 거라면 굳이……."

누구에게나 감추고 싶은 것이 있는 법이다. 또한 말 못할 사정이 있을 수도 있고.

장웅이 무열의 난감함을 이해한다는 듯이 말할 때 무열의 머릿속을 스쳐 가는 게 있었다.

"엄청난 무공을 익힌 건 아니구요. 선대께서 도가의 양생술을 얻으셔서 대대로 장수하는 편입니다."

전혀 틀린 말도 아닌지라 무열은 거부감 없이 말할 수 있었다.

"양생술이라면 내단술(內丹術) 같은 거 말이냐?"

"그런 건 아니구요. 그냥……."

"말하고 싶지 않으면 억지로 꺼낼 필요 없어."

무열이 머뭇거리자 언이지가 잘라 말했다.

"예."

무열은 무안하여 고개를 숙였다.

그 때문에 되레 미안한 건 장웅이었다. 무열이 말하고 싶지 않은 바를 캐묻는 모양새였기 때문이다.

장웅은 분위기를 바꾸고자 얼른 말을 바꿔 물었다.

"그래, 보주님과는 어찌 만났지?"

"아, 그렇잖아도 드릴 말이 있는데요…….."

무열은 이때다 싶어 석군평이 자신을 구해주었고, 자신을 찾아오라고 했던, 그 말 한마디를 믿고 철마보로 향했다가 객잔에서 언중걸을 만난 사실을 이야기했다.

"본보로 올 수밖에 없는 운명이었던 건가?"

장웅의 말에 모두들 묘한 감응을 받았다.

필연으로 얽힌 사람이라면 어떤 쪽으로든 지대한 영향을 끼칠 수밖에 없는 법이기 때문이다.

'숙부님을 만났다고? 그리고 오라버니까지…….? 두 분이 본보를 이끌고 계신다. 그런 두 분의 눈에 들었다는 건…….'

언이지는 새삼스런 눈으로 무열을 바라봤다.

어둠으로 인해 거기 있다는 것만 알 뿐, 얼굴이 보이지 않았다. 하지만 왠지 무열의 얼굴이 눈앞에 환하게 떠올랐다.

묘한 기대감이 떠올랐다.

어쩌면, 정말 어쩌면 무열이 철마보가 강자들의 틈바구니에서 당당히 일어설 수 있도록 만들어주지 않을까?

말도 안 되는 줄 알지만, 갑자기 그런 기대감이 생겼다.

하나 곧바로 떠오른 무열의 작고 왜소한 체구가 모든 기대를 산산이 흐트러뜨려 놓았다.

이제 열셋 정도로 보이는 아이에게 무슨 얼토당토않은 기대를 하는 것인지…….

언이지는 곧 전방의 어둠을 향해 시선을 돌렸다.

언중걸이 저 어둠 너머에 있었다.

철마보의 기둥인 사람이었다.

'오라버니……!'

반 시진이 지난 후였다.

한 사람이 어둠을 헤치고 나타났다.

양손에 철부를 나눠 쥔 언중걸이었다.

언이지는 언중걸이 돌아오자 불을 피우기 위해 부산을 떨었다.

"또 어떤 적이 나타날지 모르니 불을 피우지 않는 게 좋겠다."

"하지만 오라버니……."

"난 괜찮다."

언중걸이 다독이듯 말했다.

그때 장웅이 불쑥 끼어들었다.

"다치셨습니까?"

"경미합니다."

경미한 게 아니다. 오랜 낭인 생활을 했던 장웅은 언중걸의 목소리만으로도 가볍지 않은 부상을 입었다는 걸 눈치채고 있었다.

하나 본인이 괜찮다고 하니 모른 척할 수밖에 도리가 없었다.

"내가 지킬 것이니, 모두들 눈을 붙이도록 하십시오. 이지 너도 마찬가지다."

"오라버니……."

"내일은 정말 힘든 하루가 될 게다. 쉴 수 있을 때 쉬어두도록 해라."

언이지는 언중걸의 말에 따를 수밖에 없었다.

그동안 오라버니를 돕고자 나름 당차게 해오고 있었지만, 생각보다 큰 도움이 되지 못하는 자신이 한심했다.

'우선은 할 수 있는 만큼만 하자. 그 이상을 하려들었다간 오히려 누를 끼치게 될 거야.'

언이지는 그렇게 위안하며 한쪽에 자리를 잡고 몸을 누였다.

언중걸은 그 모습을 지켜본 후 무열을 넌지시 불렀다.

"너와 할 이야기가 있으니 따라오너라."

언중걸은 무열을 데리고 협곡의 입구 쪽으로 한참 걸어갔다.

잠시 후, 일행들과 충분히 거리를 둔 언중걸은 낮은 목소리로 말했다.

"네가 좀 도와주어야겠다."

"말씀만 하십시오."

"한 시진 정도 운기를 할 것이니, 네가 주변을 살펴다오."

"알겠습니다."

무열이 대답하자 언중걸은 한 차례 휘청거리더니 그 자리에 주저앉았다.

"괜찮습니까?"

"……"

무열이 물었으나 언중걸은 입을 열지 않았다.

무열은 당황했다. 하여 화급히 언중걸을 살피니 들이쉬고 내쉬는 호흡이 이어지고 있었다.

무열은 안도하며 몇 발자국 앞으로 나가 전방을 바라본 채 우뚝 섰다.

'이곳은 내가 지킨다.'

목도를 움켜쥔 무열의 팔뚝에 굵은 힘줄이 용틀임하듯 도드라졌다.

제 6장

귀면왕(鬼面王)

한 줄기 햇살이 눈을 아프게 찔렀다.

미간을 찌푸리며 인상을 쓰던 언이지는 두 눈을 번쩍 뜨고는 자리에서 벌떡 일어났다.

자신이 어디에 있고, 어떤 상황이었는지 빠르게 떠올린 언이지는 언중걸을 찾아 시선을 돌렸다.

협곡을 서서히 밝히고 있는 햇살이 두 사내를 비추고 있었다.

부처상처럼 앉아 있는 언중걸과 그 몇 걸음 앞에 태산처럼 우뚝 서 있는 무열이었다.

언이지는 햇살이 비추는 두 사람의 모습이 묘하게 다가와 선뜻 달려가지 못했다.

언이지의 눈에는 두 사람이 부처와 신장으로 보였다.

부처라고 하기에는 언중걸의 기도가 너무 흉흉했고, 신장이라고 보기에는 무열의 체구가 너무 작았다.

그럼에도 그런 생각을 지울 수가 없으니 참으로 묘한 일이었다.

그러는 사이 밝은 햇빛이 협곡 안을 가득 비추었다.

언중걸은 천천히 눈을 떴다.

눈앞에 목도를 움켜쥔 채 우뚝 서 있는 무열의 등이 보였다.

작다. 언이지보다도 작다. 너무 작아 여려 보여야 함이 옳다.

그런데 듬직해 보인다.

백만대군이 몰려와도 지켜줄 것 같은 그런 강건함이 아니다. 무엇을 맡겨도 목숨을 걸고 최선을 다해 줄 것 같은 그런 느낌이다.

'녀석……!'

언중걸은 미소를 지었다.

밤새 운기를 했음에도 전신의 신경들이 아프다고 아우성이었다. 갈비뼈에 금이 간 왼쪽 옆구리는 숨 쉬는 걸 방해할 정도였다.

그럼에도 기분 좋은 미소를 지을 수 있었다.

"아침이 되어 버렸구나."

나직이 말하자 무열이 고개를 돌렸다.

무척 반갑다는 얼굴이다.

언중걸은 미안한 표정을 지었다.

반 시진 정도 운기를 한다는 것이 아침이 되고 말았다. 다시 말해 밤이 새도록 무열이 저 자리를 지키고 있었던 것이다.

"몸은 괜찮습니까?"

무열이 물었다.

눈으로는 언중걸의 상태를 살피고 있다. 걱정이 묻어나는 눈길이다.

"피곤하겠구나."

"상처가 가볍지 않아 보이던데……."

"네 덕분에 이젠 움직일 만하다."

"아니요. 하나도 안 피곤합니다. 전 염려 말고……."

동시에 입을 열던 두 사람은 서로를 향해 웃었다.

훈훈한 기운이 감돌았다.

언중걸은 이제 스물여섯이다. 하나 얼굴에 덥수룩한 수염이 한 가득이라 나이보다 십 년은 더 들어 보인다. 반면 무열은 열다섯이지만 열셋 정도로 보인다.

하니 모르는 사람이 보았다면 부자지간으로 오해할 만도 했다.

'오라버니가 웃고 있어. 보여주기 위한 웃음이 아니라 진짜 웃고 있어.'

언이지는 기쁘면서도 의문이 생겼다.

도대체 무열의 어떤 점이 언중걸을 웃게 만드는 것인지.

언이지는 무열을 찬찬히 뜯어봤다.

둥그스름한 얼굴형에 오밀조밀 모여 있는 이목구비.

무열은 어린 소동의 모습을 갓 벗어난 얼굴을 하고 있다.

젖살이 이제 막 빠지기 시작한 얼굴이라 열세 살 이상으로 보기는 어렵다. 거기에 체구마저 작으니 열다섯이라고 믿기 어려웠다.

생기 있게 빛나는 두 눈과 다물었을 때 사내의 고집이 묻어나는 입매가 무척 인상적이라는 것을 빼면 벽촌에서 흔히 볼 수 있는 아이에 불과해 보인다.

'모용진, 그 아이보다 훨씬 더 부족해 보이는데, 왜?'

모용진은 일 년 전에 석군평이 데려온 아이였다.

제법 총명해 보이니, 잘 가르쳐서 철마보의 기둥으로 삼는 게 어떻겠느냐는 것이었다.

언이지가 보기에도 상당히 명석해 보였다.

하지만 언중걸이 하루 만에 내보냈다.

교활해 보일 정도로 영악하다는 게 그 이유였다.

언이지는 이해할 수가 없었다.

영악하다는 건 그만큼 머리가 뛰어나다는 것이지 않은가. 그것이 철마보에서 나가야 할 이유가 된다는 게 도무지 납득할 수가 없었다.

하나 보주인 언중걸이 내린 결론이니 이해하려 했고, 다 생각이 있어 그러는 것이려니 했다.

언이지는 지금 기회가 생겼으니 언중걸의 생각이 무엇인

지 알고자 눈앞의 무열을 자세히 살펴보았다.

이리들을 상대하는 모습으로 보아 무공을 익혔음이 틀림없다. 그것도 상당한 수준이다.

하지만 그것이 언중걸을 웃게 할 이유는 되지 못한다.

단순히 무공 때문이라면 총명한 모용진을 마다할 이유가 없으니까.

'그렇다면 왜?'

언이지는 아무리 살펴보아도 알 수가 없었다.

그렇다고 당사자인 무열의 앞에서 대놓고 물을 수도 없어 다음에 기회가 되면 묻겠다고 마음먹었다.

"괜찮으세요?"

언이지는 무열에 대한 생각을 접고는 언중걸의 상세를 물었다.

다행히 언중걸이 고개를 끄덕이며 괜찮다고 했다.

"종쾌의 상세는 어떠하냐?"

종쾌는 이리에게 물렸던 장한의 이름이다.

"아!"

언이지가 잊고 있었다는 얼굴을 하며 고개를 돌렸다.

"지금은 네가 책임자다. 식구들의 상태가 어떤지 정도는 파악하고 있어야 한다."

언중걸이 나무라는 투로 말했다.

언이지는 한 차례 고개를 끄덕인 후 종쾌가 누워 있는 곳으로 달려갔다.

"이지는 의욕이 넘치는 아이다. 하지만 세상엔 의욕만으로는 감당할 수 없는 일이 왕왕 벌어지곤 한다."

언중걸이 한 말이다.

무열이 들으라고 한 말이지만, 그 말속에 들어 있는 의미를 알아채기에는 무열이 아직 어렸다.

"때로는 복잡하게 계책을 꾸며야 하고, 때로는 우직하게 밀고 나가야 하는데, 그러자면 의욕만 넘쳐 나는 심계를 다스릴 줄 알아야 한다."

언중걸은 무거운 눈으로 언이지를 바라보고 있었다.

머리가 총명하여 생각이 깊으나 힘으로 밀고 나가는 우직함이 없었다.

'무열아, 널 기대하는 이유가 그래서다. 너라면……'

언중걸의 상념은 거기서 그쳤다.

언이지가 돌아왔기 때문이다.

"열이 높아요. 하루빨리 의원에게 보이지 않으면 다리를 절단해야 할지도 모르겠다고……"

장웅의 판단일 것이다.

언중걸은 난감했다.

의원에게 보이려면 누군가가 그를 데리고 이곳을 빠져나가야 한다.

인원이 두 명이나 줄어드는 것이다.

"하아!"

언중걸은 저도 모르게 답답한 숨을 내쉬었다.

그때였다.

"짐승에게 물려서 고열이 나는 거라면 제가 아는 약초를 바르면 효과가 있습니다."

무열이 조심스럽게 끼어들었다.

"약초?"

"정말?"

언중걸과 언이지가 동시에 입을 열었다.

무열은 고개를 끄덕이며 말했다.

"제 집안이 대대로 범잡이 일을 하고 있습니다. 그러다 보니 맹수들에게 물리거나 할퀴었을 때 바르는 약초에 대해 잘 알고 있습니다."

"구해올 수 있겠느냐?"

언중걸이 물었고, 언이지는 기대 어린 표정을 지었다.

무열은 주저 없이 고개를 끄덕였다.

"한 식경 정도만 시간을 주시면 구해올 수 있습니다."

무열은 협곡 밖으로 나왔다.

산을 타야 했기에 말을 타고 오지 않았다.

주변 산세를 살펴본 무열은 곧 방향을 잡고 달리기 시작했다.

획—획!

바람을 가르고 달리는 모습이 무척이나 빨랐다.

금세 가파른 산턱을 뛰어넘어 능선을 타고 오르기 시작했다.

어른 키만 한 높이의 바위 위로 훌쩍 뛰어오르더니, 일
장 간격이나 떨어진 바위 위로 단숨에 건너뛰는 모습은 그
야말로 한 마리의 비호를 연상시켰다.

'응?'

바람이 잘 통하면서도 하루 종일 그늘이 드리워져 있는
곳을 찾아 움직이던 무열이 걸음을 멈췄다.

전방에 몇 마리의 이리들이 보였기 때문이다.

무열은 목도를 움켜쥐었다.

'우회해서 돌아갈까?'

그런데 이리들이 무열을 확인하고는 송곳니를 드러내며
경계했다.

어떤 놈은 달려들 기미마저 보였다.

'이놈들은 다른 패거리로구나.'

이리들은 상당히 똑똑한 편이다.

전날 무열의 강함을 겪었던 놈들이라면 경계를 하더라도
물러날 기미가 보여야 한다. 하지만 눈앞의 이리들은 무열
을 두려워하지 않았다. 마치 처음 본다는 듯 행동하고 있었
다. 전날 상대했던 무리가 아니라는 뜻이다.

게다가 숫자도 여섯 마리에 불과했다.

"그렇다면 굳이 물러날 필요가 없지."

무열은 주저 없이 다가갔다.

무열이 경계하는 건 전날 상대했던 이리들의 우두머리였
지 이리 몇 마리 정도가 아니었다.

빠악!

가장 먼저 달려들던 놈이 머리가 부서져 즉사했다.

다른 두 놈은 아가리가 부서졌다.

즉사는 면했지만, 며칠 못가 굶어 죽을 게다.

나머지는 꼬리를 말고 도주했다.

무열은 목도에 묻은 피를 털어내며 이리들이 모여 있던 곳으로 걸어갔다.

"죽었나?"

두 사람이 보였다.

도끼로 난자를 당한 것 같은 처참한 몰골이었다.

무열은 당황하지 않고 얼른 다가가 쪼그려 앉으며 두 사람을 살펴보았다.

다행히 한 사람의 숨이 붙어 있었다. 좀 전의 이리들은 이 사람의 숨이 끊어지기를 기다리고 있었던 모양이었다.

"누, 누구냐?"

얼굴의 반쪽이 날아가 버린 노인이 힘겹게 중얼거렸다.

무열은 안타까운 얼굴로 대답했다.

"소무열이라고 합니다. 우연히…… 제가 도와드릴 게 있겠습니까?"

살 수 없다.

하여 그렇게 말할 수밖에 없었다.

"푸, 품에…… 끄르륵!"

노인은 그렇게 말하고는 숨을 거두었다.

무열은 가슴이 무거워지는 것을 느꼈다.

사람이 죽는 모습을 보게 된 탓이다. 하나 심중이 흔들릴 정도는 아니었다.

"극락왕생하시기 바랍니다."

무열은 그렇게 말하고는 자리에서 일어나려다가 노인의 품을 뒤져 보았다.

한 권의 책자와 작은 목갑이 나왔다.

목갑을 열어보니 유지로 싼 환약이 나왔다.

아무래도 노인이 말하려고 했던 건 이 환약을 먹여달라는 것이지 싶었다.

"죽어서도 덕을 베푸니, 필경 좋은 곳으로 환생할 것입니다."

무열은 책자와 목갑을 품에 갈무리한 후 자리를 떴다.

무열이 협곡으로 돌아온 건 자신의 말대로 한 식경쯤 지난 후였다.

"이게 광한초(廣寒草)라는 겁니다. 찧어서 환부에 바르면 효과를 볼 겁니다."

소무열은 두 개의 돌을 주워와 직접 찧은 다음 종쾌의 다리에 직접 발라주었다.

"고, 고맙다."

종쾌가 감사의 인사를 했다.

무열은 가볍게 웃었다.

"힘들어도 조금만 참으십시오. 생각보다 빨리 완쾌될 겁니다."

무열은 종쾌가 좀 더 편하게 눕도록 도와준 다음 품속에 갈무리해 두었던 책자와 목곽을 꺼내 언중걸에게 내밀었다.

"이게 뭐냐?"

언중걸이 묻자 무열은 다 죽어가던 노인에게서 얻은 것을 이야기했다.

"네가 얻은 것이니 네 것이지 않느냐."

"그 두 사람은 보주님이 물리친 적이잖습니까?"

"그렇긴 하다만 그걸 취한 건 결국 너다."

언중걸의 말에 무열은 어찌할지 고심했다.

책자에는 흑무강살기(黑霧罡殺氣)라는 흉흉한 이름이 적혀 있어 왠지 께름칙했다.

"일단 넣어두었다가 시간 있을 때 읽어보도록 해라."

"전 도법을 배우고 싶습니다."

"익히라고 하지 않았다. 읽어보라고 했지."

"예?"

"모든 무공에는 각기 장단점이 있게 마련이다. 읽어두어서 나쁠 건 없을 게다."

"예."

무열은 책자를 다시 집어넣었다.

"이건 그 노인이 죽기 전에 먹여달라고 한 것으로 봐서 제법 귀한 것 같습니다. 마침 환자도 있고 하니……."

"복용시켰는데, 그 때문에 탈이 나면 어쩔 것이냐?"

"예?"

"그 노인에게 영약이라 하여 다른 사람들에게도 그렇다고 볼 수는 없다."

"그런가요?"

"확신이 서지 않는 것이라면 하지 않는 게 옳은 법이다. 물으마. 그 환약이 도움이 될 거라고 확신할 수 있겠느냐?"

"아니요."

무열은 고개를 저을 수밖에 없었다.

"혹여 사경을 헤매는 이가 생긴다면 그때는 사용해 보는 것도 나쁘지 않으니 잘 챙겨두어라."

무열은 목곽 역시 품속으로 집어넣었다.

그때 장웅이 걱정스런 음성으로 말했다.

"이곳엔 물이 없습니다. 하루 정도라면 우린 괜찮을지 몰라도 종쾌는 다릅니다."

장웅의 말을 들은 무열은 언중걸을 바라봤다.

하나 별다른 방도가 없는지 입을 다물고 있었다.

다른 몰이꾼들도 마찬가지였다.

"옷에 적셔오는 수밖에 없겠군요."

언이지가 말했다.

다들 그 정도는 생각하고 있었던지 고개만 끄덕였다.

"제가 물을 떠오겠습니다."

이번에도 무열이 나섰다.

모두들 무열을 쳐다봤다. 무열에게 무언가 방도가 있다는 걸 알 수 있었다.

하나 반색하는 한편으로는 겸연쩍은 표정을 지었다.

"이거 열세 살짜리한테 너무 기대는 것 같아 창피하네요."

장웅이 실소를 흘리며 말했다.

그에 무열이 반박하듯 재빨리 입을 열었다.

"열다섯 살입니다."

"응?"

"열다섯?"

"예. 체구가 작아서 그렇지 열다섯 살입니다."

"열다섯이면 장부다. 몸이야 클 때가 되면 크게 되겠지."

언중걸이 웃으며 말했다.

무열은 자신을 놀리는 것이라는 걸 알기에 시무룩한 표정을 지으며 장웅을 향해 손을 내밀었다.

"칼이나 빌려주세요."

"칼? 칼은 왜?"

"안 빼앗을 테니까. 걱정 붙들어 매고 빌려주십시오."

무열의 목소리에 제법 날이 섰다.

머쓱해진 장웅은 아무 소리도 못하고 칼을 꺼내주었고, 다른 사람들은 소리 없이 웃었다.

칼을 빼앗듯 낚아챈 무열은 한쪽으로 걸어가 죽어 있는 이리의 배를 갈랐다. 그리고 뱃속을 뒤져 오줌보를 잘라냈다.

"칼 여기 있어요."

칼을 돌려준 무열은 오줌보를 가지고 다시 협곡 밖으로 달려갔다.

무열이 돌아온 건 일각이 지나기도 전이었다.

그런데 돌아오는 발걸음이 무척 숨 가빴다.

"무슨 일이냐?"

언중걸이 물었다.

무열은 숨을 돌리지도 않고 화급히 대답했다.

"수백 명이 몰려오고 있습니다."

"뭐?"

"어제 싸웠던 녹림과 비슷한 복장입니다."

순간 언중걸의 표정이 굳었다.

"혹시 깃발이 보이더냐?"

"시커먼 용이 그려져 있었습니다."

"귀룡채(鬼龍寨)!"

무열의 말에 장웅이 놀라 부르짖었다.

언중걸의 표정은 더욱 굳었다.

언이지를 비롯한 다른 이들 역시 안색이 딱딱하게 변했다.

"우려하던 일이 벌어졌구나."

천하녹림맹은 천하각지에 산재한 칠십이 개의 산채가 결성한 연합체였다.

하나 머리 숫자와 무력이 각기 다르니 모두 같은 대우를
받을 수는 없는 일.

칠십이 개의 산채 중 가장 막강한 힘을 가진 칠 채가 있
고, 그 밑으로 이십사 채가 존재했다. 나머지 사십여 채는
단지 머리 숫자에 불과했다.

천하녹림맹의 진실한 힘은 상위의 칠 채에 있는데, 귀룡
채는 그 칠 채 중의 한 곳으로 칠 채 내에서도 상위에 속할
정도로 흉명이 자자했다.

특히 귀룡채주 귀면왕(鬼面王)은 천하녹림맹 내에서 다섯
손가락에 꼽히는 고수였다.

"어디까지 왔더냐?"

"반 각 후면 협곡 입구에 도착할 것입니다."

"보주님!"

무열의 대답을 들은 장웅이 화급히 언중걸을 불렀다.

"귀면왕이 직접 나서지 않았기를 바라야지요. 그리고……
일단 밖으로 나가는 게 좋겠습니다."

"말들은 어찌합니까?"

"이지야."

"예."

"넌 종쾌와 이곳에 남아라."

"예?"

"내가 신호하거든 전마들을 협곡 밖으로 내몰아라. 하면
길이 열릴 것이니 그 틈에 빠져나가도록 하자."

"오라버니?"

"지금은 사는 게 우선이다."

적들의 숫자가 많지만, 싸워보지도 않고 전마들을 포기할 수는 없으니, 협곡 밖으로 나가 버티는 데까지는 버텨볼 생각이다. 하나 여의치 않다면 전마들을 포기하고서라도 살아남자는 게 언중걸의 생각이었다.

결정을 내린 언중걸은 빠르게 움직였다.

장웅과 무열 그리고 세 명의 몰이꾼들과 함께 협곡의 입구를 향해 달려갔다. 언이지와 종쾌는 전마들이 있는 곳에 남았다.

"맙소사!"

장웅이 몰려오는 귀룡채의 녹림도들을 보자마자 경악성을 내뱉었다.

족히 오백은 될 것 같은 숫자가 밀물처럼 몰려오고 있으니 어찌 놀라지 않을까.

거기다 천하녹림맹과 떨어진 한쪽에는 수백 마리의 이리 떼가 잔뜩 몰려 있는 광경이 보였다.

언중걸 역시 답답한 숨을 토했다.

그나마 이곳은 공간이 협소한 협곡이니 한 번에 싸울 수 있는 숫자가 한정적이었다.

게다가 귀룡채의 숫자는 이백 정도라고 알려져 있었다. 그게 맞다면 나머지 삼백 정도는 귀룡채를 따르는 하위 산채들일 것이다.

또한 귀룡채 내에서 흉명이 자자한 이들의 숫자는 열손가락에 불과했다.

하니 저 많은 숫자에 기죽을 필요는 없었다.

문제는 귀면왕이었다.

천하녹림맹 내에서 다섯 손가락에 꼽히는 고수이니 언중걸이 정상인 상태라 하더라도 승부를 장담할 수가 없다. 하물며 지금 언중걸은 평상시의 절반 정도의 힘밖에 쓸 수가 없는 상태였다.

'이래저래 좋지 않군.'

언중걸은 가라앉은 눈으로 귀면왕이 있는지 찾아보았다.

적진의 한 중앙으로 시선을 던진 언중걸은 그대로 굳었다.

한눈에 보기에도 흉악한 마두답게 생긴 노인이 흉폭한 살기를 줄기차게 내뿜고 있었기 때문이다.

'귀면왕!'

틀림없다.

그가 아니라면 누가 저토록 차가운 살기를 자랑하겠는가.

막연히 상상하던 것보다 훨씬 더 강한 느낌이다. 저 정도라면 목숨을 걸어도 쉽지 않은 상대다. 그렇다고 얼굴만 보고 도주할 수도 없는 일.

"하는 데까지 해 봅시다. 해 보고 정 안 되면 아까 말한 대로 전마들을 이용해서 빠져나가도록 하지요."

"알겠습니다."

장웅이 힘차게 대답했고, 세 명의 몰이꾼들도 고개를 끄덕였다.

"무열이 넌 나와 앞쪽에서 적들을 상대한다. 할 수 있겠느냐?"

"전 소씨 남자입니다. 염려 마십시오."

"좋다. 좋은 기백이다."

언중걸은 무열과 함께 몇 걸음 앞으로 나섰다.

그 뒤에 장웅을 비롯한 몰이꾼들이 포진했다.

일종의 쐐기 대형으로 앞쪽에서 언중걸과 무열이 적들의 예봉을 꺾고, 뒤로 흘려보낸 자들은 장웅 등이 처리하겠다는 심산이었다.

그러나 언중걸의 표정은 더욱 굳어질 뿐, 조금도 펴지지 않았다.

손속이 잔인하기로 유명한 귀면왕이 직접 나타났으니 득보다 실이 더 많을 것이 자명했다.

화가 나면 남녀노소 가리지 않고 무차별적인 살육을 벌일 정도로 흉악한 귀면왕이니 이후 어떤 일이 벌어질지 불을 보듯 뻔했다.

순순히 항복이나 받자고 그가 직접 행차하지는 않았을 터.

정말이지 하는 데까지 해 보는 수밖에는 방도가 없는 것 같다.

'어떻게든 귀면왕만 막으면 다른 사람들의 살 길이 열릴 것이다.'

언중걸은 혈부를 힘주어 잡았다.

"어떤 놈이냐? 어떤 놈이 내 의제들을 죽인 것이냐?"

사납게 으르렁거린 귀면왕은 잡아먹을 듯한 눈으로 전방을 노려봤다.

애초 이번 일의 성공 여부는 관심도 없는 그였다.

어차피 황보가에서 주도한 일이었으니, 실패를 하더라도 그들의 책임이다.

하지만 자신의 의제들이 죽었으니, 상관없는 일이라 할지라도 수수방관할 수가 없었다. 이는 자신에 대한 도전이자 체면을 깎는 일이기 때문이다.

협곡의 입구에 여섯 놈이 보인다.

감히 자신에게 맞서겠다는 놈들이다.

그중 앞쪽에 나와 있는 털북숭이 놈이 범상치 않다.

"으음?"

귀면왕은 미간을 찌푸렸다.

그다지 강하다는 느낌이 아니다. 물론 의제들을 죽일 정도이니 나름 한가락하는 놈일 것이다. 하나 자신과 의제들과의 격차를 생각하면 신경 쓸 정도가 아니어야 한다.

그런데 묘하게 신경이 거슬린다.

가벼이 상대하지 말라고 머릿속의 경종이 울린다.

'뭐냐? 뭐가 있다는 것이냐?'

귀면왕은 짜증이 났다.

한걸음에 달려가 응분의 대가를 치러주지 못하는 것에 화가 난 것이다.

하나 자신의 감정을 다스릴 줄 아는 그였다.

본능적인 경계심을 무시하고 섣불리 움직일 그가 아니었다.

"색마귀(色魔鬼)!"

귀면왕이 부르자 새하얀 얼굴에 음산한 기운이 가득한 사내가 허리를 굽실거렸다.

"예. 채주!"

"모조리 죽여라."

"알겠습니다."

"흑저, 흑웅!"

"예."

"부르셨습니까."

"함께 가."

"존명!"

"명을 따릅니다."

산돼지처럼 시커먼 흑저는 호골채(虎骨寨)의 채주였고, 불곰처럼 보이는 흑웅은 흑웅채(黑熊寨)의 채주였다.

색마귀가 삼십여 명을 이끌고 나서자 흑저와 흑웅 역시 각기 수하들을 이끌고 색마귀의 뒤를 따랐다.

그렇게 움직인 숫자가 백오십이 넘었다.

귀면왕은 마상에 앉아 팔짱을 꼈다.

'어디 얼마나 강한지 볼까?'

상대가 여섯 명뿐이라 그런지 녹림도들은 개떼처럼 몰려 갔다. 이제 십이 세에서 십삼 세 정도로 보이는 아이까지 끼어 있으니, 그들로써는 겁먹을 하등의 이유가 없었다.

"호골채가 앞장선다. 모두 날 따라라!"

흑저가 기세 좋게 튀어 나갔다.

그리고 가장 먼저 언중걸과 격돌했다.

흑저의 독문병기는 거대한 철부다.

중병 중의 중병이다.

땅을 박차고 날아올라 허공에서 맹렬하게 내리찍으니 태 산이라도 단숨에 쪼개 버릴 기세다.

그걸 언중걸의 평범한 도끼가 상대했다.

쾅!

일거에 흑저의 거대한 도끼가 튕겼다.

언중걸의 도끼 역시 튕겨났다. 하나 언중걸은 두 자루의 도끼를 사용했다.

쩌걱!

또 한 자루의 도끼가 흑저의 한쪽 어깨를 찍었다.

흑저가 '크악!' 하고 비명을 지른 순간 언중걸이 그의 가 슴을 내차 버렸다.

피를 뿌리며 뒤로 날아간 흑저가 자신의 수하들과 뒤엉켜 쓰러졌다.

"죽어라!"

그 순간, 호골채의 부채주가 무열을 향해 박도를 휘둘렀다.

맹렬한 기세로 대기를 가른 박도가 무열의 머리통마저 쪼개놓으려고 했다.

무열의 목도가 벼락같이 허공을 갈랐다.

호골채의 부채주보다 배는 더 빠른 속도였다.

뻐억!

부채주 역시 피를 뿌리며 뒤로 나동그라졌다.

협곡의 입구는 좁았다.

기세 좋게 달려들었던 두 사람이 일합 만에 나가떨어지자 줄줄이 달려들던 이들이 두 사람과 뒤엉켜 일대 소란이 일어났다.

언중걸은 그 틈을 놓치지 않고 한 걸음에 튀어 나가 두 자루의 도끼를 마구 찍어댔다.

머리, 어깨, 가슴을 가리지 않고 닥치는 대로 찍어 버렸다.

머리통이 쪼개졌고, 팔다리가 날아올랐다.

시뻘건 피가 분수처럼 치솟았다.

일방적인 도살이었다.

"으아아아아악!"

"내 팔! 내 팔!"

"사, 살려줘!"

피와 죽음 그리고 비명이 난무했다.

뒤쪽에서 우르르 몰려오던 녹림도들이 겁을 집어먹고 우뚝 멈췄다.

그러나 둑 터진 물살이었다.

백오십이라는 숫자가 일제히 몰려온 탓에 뒤쪽에서 달려온 이들이 걸음을 멈춘 이들을 앞으로 밀어붙였다.

그리고 앞쪽에는 언중걸의 혈부가 잔혹한 도끼질을 하고 있었다.

끔찍한 혈지옥이 펼쳐졌다.

"뭐해? 정신 차려!"

장웅의 외침에 무열은 퍼뜩 정신을 차렸다.

하나 살귀 같은 언중걸의 모습에 쉽사리 움직이지 못했다.

"죽이지 않으면 우리가 죽는다! 종쾌와 아가씨까지 모조리 죽는단 말이다!"

무열은 찬물을 뒤집어쓴 듯 정신이 확 들었다.

오랫동안 정을 나눈 사람들은 아니지만, 죽을 위기를 함께 겪은 때문인지 더 이상 남이라는 생각이 들지 않았다.

절대 그들이 죽게 만들 수는 없었다.

"안—돼!"

무열은 괴성을 지르며 번개같이 달려 나가 목도를 휘둘렀다.

빠악! 빡! 빡빡빡!

머리통을 두들겨 맞은 이들이 피를 철철 흘리며 고꾸라졌다.

이리들을 두들길 때와는 확연히 다른 느낌이 손을 타고 전해졌다.

그러나 무열은 주저하거나 흔들리지 않았다.

'난 무인이 될 거야. 무인은 피 보는 것을 두려워하지 않아야 해.'

무열의 목도가 갈수록 빨라졌다.

마음이 굳게 서니 거리낄 게 없었다.

무열까지 가세하자 피를 뿌리고 쓰러지는 녹림도들의 숫자가 확 늘어나고 있었다.

"비켜라!"

흑웅이 고함을 지르며 자신의 앞을 막고 있는 호골채 녹림도들의 목덜미를 잡아 던졌다.

색마귀 역시 호골채 수하들을 두들겨 가며 길을 열었다.

그리고 눈앞이 확 트인 순간, 득달같이 쇄도했다.

"머리통을 부숴주마!"

흑웅이 두 주먹을 번갈아 뻗었고, 색마귀는 쌍장을 거푸 뿌렸다.

쩍쩍쩍쩍쩍쩍!

흑웅의 주먹과 언중걸의 혈부가 수차례 부딪쳤고, 어느 순간 흑웅의 주먹에서 피가 튀었다.

'허억!'

흑웅의 두 눈에 경악이 차오른 순간, 갑자기 속도가 빨라진 혈부가 그의 가슴을 찍어 버렸다.

"컥!"

흑웅은 제 가슴이 쩍 벌어진 광경에 기겁하며 뒤로 넘어갔다.

한편 절명장(絕命掌)을 거푸 뿌려대던 색마귀는 얼굴을 확 일그러트렸다.

무열이 휘두른 목도와 부딪칠 때마다 두 손이 저릿저릿했기 때문이다.

'뭐야, 뭐 이런 애새끼가 다 있어?'

색마귀는 아이와 노인 그리고 여인을 조심하라는 강호의 속설을 무시한 대가를 톡톡히 치러야 했다.

그런 속설이 아니더라도 상대를 얕잡아 보는 것만큼 어리석은 일도 없는 법이다.

'찢어죽일 놈, 아주 피떡을 만들어주마!'

색마귀는 좌장과 우장을 연거푸 뿌린 후 자신이 아는 가장 빠른 신법을 펼쳐 무열의 코앞으로 파고들었다.

더할 나위 없이 빨랐다. 어린놈의 작은 체구가 눈앞으로 확 다가왔다.

색마귀는 회심의 미소를 지으며 절명장을 뻗었다.

뻐억!

색마귀의 얼굴이 확 일그러졌다.

뼛속까지 자르르 울리는 통증, 그리고 이전과 같은 간격.

찰나의 순간, 색마귀가 달려든 만큼 빠르게 물러난 무열이 목도를 휘둘러 막았다.

'뭐, 뭐냐! 뭐냐고!'

색마귀는 기가 차다 못해 터지기 직전이었다.

어떻게 이럴 수가 있느냐 말이다.

열둘? 열셋? 거시기에 털도 안 났을 놈이 어찌 자신을 이토록 당황하게 만든단 말인가?

흑웅이 일합 만에 나가떨어진 게 차라리 다행이었다. 이런 우스꽝스런 모습을 보지 못했을 테니까.

그렇다고 안도하기엔 일렀다.

염왕보다 더 무서운 귀면왕이 지켜보고 있었다.

어린놈을 상대로 쩔쩔매고 있는 자신을 어떤 눈으로 바라보고 있을지 생각만으로도 가슴이 서늘해진다.

'망할, 팔 하나 부러질 각오를 해야겠군.'

색마귀가 이후의 일을 걱정하고 있을 때였다.

기이이이잉!

맹렬한 파공음이 천지간을 찢어발겼다.

'이, 이 소린?'

색마귀가 대경하여 고개를 돌린 순간.

콰—앙!

정신을 아득하게 만드는 굉음이 색마귀의 지척에서 폭발했다.

풀썩 일어난 흙구름이 주변을 휩쓸어 사방으로 흩어졌다.

그리고 드러난 광경.

피칠갑을 한 언중걸이 두 자루의 혈부로 자신의 얼굴 앞에서 교차하고 있었다.

'막, 막았어?'

색마귀의 얼굴에 경악이 떠올랐다.

방금 귀청을 찢어발길 듯 요란했던 파공음은 채주가 날린 비혈륜(飛血輪)이 틀림없었다.

맹 내에서도 단 몇 사람을 제외하고는 상대할 자가 없는 게 바로 비혈륜이다. 그걸 철마보의 애송이 보주가 막은 것이다.

'어, 어찌……!'

색마귀가 당황한 순간이었다.

"제법이군!"

낮게 깔린 음성이 주위의 공기를 얼어붙게 만들었다.

'채, 채주!'

색마귀가 돌아보자 귀면왕이 음산한 눈초리로 주위를 쓸어보며 걸음하고 있었다.

흡사 산책을 하듯 뒷짐을 진 채 천천히 걷고 있었다.

그 걸음이 모두의 기세를 짓눌렀다.

"물러나라."

언중걸이 한 걸음 나서며 무열을 뒤로 물렸다.

잔뜩 경직된 얼굴이었다.

좀 전의 격돌로 귀면왕의 강함을 충분히 인지한 것이다.

정상적인 상태에서 싸워도 사 할 이상 승부를 장담할 수가 없는 상대다. 하물며 간밤의 격전으로 인해 몸 상태가 정상이 아닌 지금으로써는 이길 확률이 삼 할 이하로 떨어졌다고 봐야 한다.

"대단한 무공을 익혔군. 그렇지 않나?"

귀면왕이 물었다.

언중걸은 대꾸하지 않았다. 표정의 변화조차 보이지 않았다.

되레 색마귀가 흠칫 놀란 얼굴로 언중걸을 돌아봤다.

귀면왕이 대단하다고 말할 정도라면 신공절학이라 불릴 만한 것이 틀림없을 것이다.

색마귀의 두 눈에 탐욕의 빛이 떠올랐다.

"하지만 설익었어. 그 정도로는 내 의제들을 죽일 수 있는 정도에 불과해. 그 이상을 넘보기에는 부족해. 그래서 넌…… 이 자리에서 죽는다."

귀면왕의 두 눈이 무섭게 불탔다.

제7장

첩혈

"우선 팔다리를 잘라주마. 감히 날 쳐다보지 못하도록 두 눈을 파내고, 염라왕한테 고하지 못하도록 혀를 뽑아 놓겠다. 그런 후 네놈이 비명을 충분히 들을 수 있도록 아주 잔인한 방법으로 네놈의 식구들을 죽여 버리겠다."

귀면왕의 음성에서 살기가 뚝뚝 떨어졌다.

주변 공기가 차갑게 가라앉았다.

장웅 등은 숨조차 크게 내쉬지 못할 정도였다.

순간, 무열이 움직였다.

단 한 걸음을 움직인 것에 불과했지만, 주위의 이목을 끌기에는 충분했다.

"뭐냐? 살려달라는 것이냐?"

"아니요. 어차피 죽을 거면 당당히 싸우다 죽을 겁니다."

무열의 당찬 대답에 귀면왕은 일순 할 말을 잃었다.

이제 십이삼 세 정도 되어 보이는 아이가 살기가 진동하는 곳에서 표정 하나 변하지 않은 채 자신을 향해 대들 듯 쏘아보니 기가 막혔다.

"이런 애새끼를 보았나, 눈깔을 확 뽑아 버릴까 보다."

색마귀가 끼어들어 소리치자 무열이 시선을 돌렸다.

비장해 보일 정도로 결연한 눈빛을 하고 있었다.

색마귀는 섬뜩한 기분이 들었다.

"뭘 봐, 새끼야!"

속마음을 감추고자 색마귀가 한 걸음 나서며 소리를 질렀다.

순간, 무열이 목도를 들어 그를 겨누었다.

"날 이길 수 없잖습니까."

"뭐?"

"아닙니까? 아니라면 이 자리에서 다시 해 볼까요?"

무열의 눈빛이 이글거리고 있다.

정말 이 자리에서 해 보자는 빛이 역력하다.

색마귀는 머리끝까지 부아가 치밀었다.

하지만 화를 터트리고 싸우자니 무열의 말대로 이길 수가 없어 창피한 꼴을 보일 것 같고, 수긍하여 물러나자니 더욱 수치스러워 이를 빠드득 갈아붙일 수밖에 없었다.

"그 주둥이 잘 간수해라. 언제 어디서든 날 만나게 되면 그 주둥이부터 짓이겨 버리겠다."

으름장을 놓는 색마귀의 얼굴은 야차처럼 흉악하기 짝이
없었다.

그러나 무열은 겁을 집어 먹지 않았다.

되레 달려들 기세였다.

바로 그때, 귀면왕이 입을 열었다.

"당당히 싸우다 죽겠다고 했더냐?"

"무인은 절대 굽히지 않는 법이니까요."

"무인이라…… 그래, 넌 무인이구나. 하면 굽히지 말고
죽어라."

귀면왕이 뒷짐을 풀었다.

그의 양손에 두 개의 혈륜이 들렸다.

화우우우우웅!

귀면왕이 공력을 일으키자 대기가 거센 공명음을 토했다.

강자의 기도.

무열은 무공의 고수란 어떤 사람을 말하는 것인지 여실히
깨달았다.

'우웃! 엄청나구나!'

마치 거대한 힘이 허공에서부터 짓누르는 듯한 느낌이 들
었다.

하나 두렵지가 않았다.

자신이 대적할 수 없다는 걸 알면서도 도망치고 싶지 않
았고, 지고 싶지도 않았다.

"둘 다 팔다리가 잘린 채 나란히 허우적거려 보아라."

이제 끝낼 생각인 듯 귀면왕이 두 팔을 천천히 들어 올렸다.

그때였다.

지금껏 틈만 보고 있던 언중걸이 전광처럼 움직였다.

한걸음에 튀어 나가 수중의 혈부를 벼락같이 찍어댔다.

무척이나 빨랐고, 갑작스러운 움직임이었다.

꽈과과광!

거친 폭음이 연달아 터졌다. 그리고 언중걸이 달려들었던 것보다 배는 더 빠른 속도로 튕겨져 나왔다.

"설익은 정도로는 부족하다고 말했을 텐데."

귀면왕이 조소했다.

언중걸은 얼굴을 일그러트렸다.

좀 전의 기습적인 공격으로 상대를 당황케 하지는 못해도 최소한 기선을 잡을 정도는 될 거라고 자신했는데, 보기 좋게 실패하고 말았다.

'귀면왕이 생각보다 강하니 도리가 없구나. 이지한테 신호를 보내야겠다.'

그때였다.

두두두두두두!

돌연 협곡이 뒤흔들렸다.

'이지가?'

언중걸은 눈을 크게 떴다.

협곡 안쪽에서 전마들이 몰려오고 있었다.

언중걸이 신호를 보내기도 전에 언이지가 앞서 행동한 것이다.

"흥! 감히 이따위 수작이 통할 것 같으냐!"

귀면왕이 싸늘히 조소하며 수중의 혈륜들을 날렸다.

기이이이이잉!

맹렬한 기음이 폭발적으로 울렸다.

'이런!'

언중걸이 혼비백산할 정도로 놀랐다.

두 개의 혈륜 중의 하나가 무열을 향해 날아가고 있었기 때문이다.

"물러나!"

언중걸은 크게 소리치며 왼손의 혈부를 내던짐과 동시에 자신을 향해 날아드는 또 하나의 혈륜을 향해 오른손의 혈부로 강하게 찍었다.

꽈앙! 까ㅡ아앙!

시퍼런 불꽃을 튀기며 혈륜들의 궤적이 틀어졌다.

가까스로 혈륜을 막아냈으나 완전치가 못해 무열의 어깨에서 핏물이 솟구쳤다.

두어 걸음 미끄러진 언중걸은 깜짝 놀랐으나 피륙의 상처에 불과하다는 사실을 깨닫고 가슴을 쓸어내렸다.

두두두두두!

날뛰듯 달려오는 전마들이 바로 등 뒤까지 몰려왔다.

"어서 움직여!"

언중걸이 소리쳤다.

"어림없다!"

귀면왕이 고함을 지르며 혈륜들을 낚아채 재차 발출하려고 했다.

하나 바로 그 찰나의 순간, 언중걸이 하나 남은 혈부를 전력을 다해 내던졌고, 귀면왕은 자신을 향해 똑바로 날아드는 혈부를 막아야 했다.

쾅!

혈부가 튕겨져 날아갔다.

귀면왕의 눈썹이 확 치켜 올라갔다.

언중걸을 비롯한 철마보의 사람들이 협곡 양쪽으로 비켜섰고, 그러는 사이 전마들이 코앞까지 몰려오고 있었다.

화가 난 귀면왕은 발작적으로 혈륜들을 발출했다.

기이이이이잉!

파공음을 터트린 혈륜들이 두 마리의 말들을 갈랐다.

그러나 물밀듯이 몰려오는 전마들을 전부 막을 수는 없었다.

귀면왕은 신형을 솟구쳐 자신을 향해 똑바로 달려오는 전마의 머리통을 밟아 수박처럼 부숴 버린 후 곡선을 그리며 되돌아오는 혈륜들을 낚아챘다.

"어디냐!"

허공에서 내려다보니 내달리는 전마에 올라타 바짝 엎드려 있는 언중걸 등의 모습이 보였다.

"도망칠 수 있을 것 같으냐!"

귀면왕은 곧장 혈륜들을 날렸다.

소름 끼치도록 사이한 파공음이 공간을 갈랐다.

"이지야!"

언중걸이 언이지를 불렀다.

혈륜 중의 하나가 언이지를 노리고 있었던 것이다.

언이지가 깜짝 놀라 고개를 돌려보니 시뻘건 혈륜이 허공을 쪼개며 자신을 향해 기쾌하게 날아오고 있었다.

'아!'

언이지의 낯빛이 하얗게 질렸다.

피하기는커녕 연검을 뽑을 시간조차 없어 보였다.

바로 그때였다.

땅에서 작은 그림자가 불쑥 솟구쳤다.

꽝!

강렬한 충격음과 함께 작은 인영이 뒤로 날아갔다.

언이지는 작은 인영의 정체를 알아보았다.

'무열아!'

목도가 부러진 무열이 입으로 피화살을 뿜으며 날아가고 있었다.

달리는 전마 위로 올라타는 재주가 없던 무열은 그냥 말들 사이에서 함께 달렸다. 그 와중에 언이지가 위험한 것을 깨닫고 혈륜을 향해 몸을 날려 일도를 휘둘렀다.

그러나 혈륜에 실린 힘은 무열의 상상을 초월한 것이었

다. 내력을 머금은 목도가 단박에 부러질 정도로 강한 충격을 받았다.

무열은 순간적으로 의식이 흔들리는 와중에도 언이지를 살폈다.

혈륜의 궤적이 틀어져 언이지는 무사했다.

'다행이다.'

무열이 안도한 순간 억센 손길이 무열의 신형을 낚아챘다.

"무열아!"

언중걸이었다.

무열은 옅은 미소를 지으며 의식을 잃었다.

'약속대로 제가 지켰어요.'

◆　　◆　　◆

무열은 하늘을 날았다.

높고 푸른 하늘을 한 마리의 용과 함께 날았다.

온몸을 부딪치는 바람이 무척이나 통쾌했다.

백설처럼 새하얀 구름은 참으로 곱다.

까마득한 아래로 보이는 세상이 참으로 좁게만 보인다.

하하하!

크게 웃어보니 세상이 내 것인 양 호연한 기분이 든다.

이때 어둠이 몰려왔다.

먹구름이 천지사방을 어둡게 만든다.

무열은 용을 바라보았다.

이심전심으로 서로 통했다.

둘은 하나 되어 어둠을 향해 곧장 날아갔다.

어둠이 더욱 짙은 먹구름을 토하며 반발한다.

무열은 호탕하게 웃으며 용과 함께 어둠속을 헤집었다.

어둠은 힘을 잃었다.

높고 푸른 하늘이 다시 펼쳐졌다.

무열은 웃었다.

바로 그때 눈부신 햇살이 무열의 눈을 아프게 했다.

햇빛이 쏟아지자 용이 크게 맴을 그리다 무열의 가슴으로
파고들었다.

무열은 정신이 번쩍 들었다.

"일어났어?"

익숙한 음성이 들렸다.

무열은 깜짝 놀라 벌떡 일어났다.

까무잡잡한 피부에 동그란 두 눈이 반짝 빛을 발하는 얼
굴이 눈앞에 있었다.

"좀 더 누워 있어."

언이지가 웃으며 말했다.

"어, 어떻게……."

무열은 눈을 휘둥그레 떴다.

"여긴 북무련이야."

"예?"

무열은 의아했다.

자신들은 쫓기고 있었다. 천하녹림맹의 귀면왕이라는 고수가 날린 혈륜을 자신이 가까스로 막은 기억이 났다.

그 이후로는 정신을 잃은 탓에 알지 못한다.

어찌 된 노릇일까?

무열은 궁금한 얼굴로 언이지를 쳐다봤다.

"그날 무척 위험했었는데, 북무련의 무사들이 생각보다 빨리 당도했어. 우리 예상보다 북무련의 대응이 신속한 모양이야. 그 덕분에 살았어."

긴박했던 순간이 떠올랐는지 언이지가 손을 움켜쥐며 말했다.

무열은 고개를 끄덕였다.

"참, 보주님은요?"

무열은 언중걸의 부상이 생각보다 가볍지 않았다는 사실에 생각이 미쳐 그리 물었다.

이때 문이 열리며 한 사람이 불쑥 들어왔다.

"난 괜찮다."

언중걸이 만면에 웃음을 띠고 있었다.

"오라버니, 가셨던 일은……?"

언이지가 자리에서 일어나 조심스럽게 물었다.

다행히 언중걸이 씩 웃는다.

"다 잘되었다. 스무 필이 부족한 것에 대해서는 그 숫자만큼 금액을 깎는 것으로 처리했다."

"잘된 게 아니잖아요. 흠검단이 제 역할을 못한 것이니, 우리 쪽에 잘못을 따질 수는 없는 일인데……."

"이지야, 말 삼가거라. 이유야 어찌 되었든 약속한 숫자를 채우지 못한 건 전적으로 우리 책임이다."

"하지만……."

"됐다. 우리 책임이다. 우리가 약속을 지키지 못했다. 우리가 약해서 그리된 것이다. 알겠느냐?"

"예."

언이지가 시무룩한 얼굴로 대답했다.

언중걸은 짧게 한숨을 쉰 후 무열에게로 무언가를 내밀었다.

"받아라."

무열이 얼떨결에 받고 보니 단단하게 느껴지는 목도였다.

"종쾌가 주는 선물이다. 네가 목숨을 구해준 것에 대한 답례니까, 부담스러워할 필요는 없고, 나중에 고맙다고 하거라."

"다리는 괜찮답니까?"

"신경이 손상되지는 않은 모양이다. 며칠 더 의원에 머물도록 해두었으니까. 나중에 본보에서 얼굴을 볼 수 있을 게다."

"예. 다행이군요."

"그건 그렇고, 배고프지 않느냐?"

당연히 배가 고팠다.

꼬박 하루가 지나서야 정신을 차렸기 때문이다.

"배고픕니다."

"그래, 그럴 줄 알았다. 얼추 점심때가 되었으니 함께 나가자꾸나. 움직일 수는 있겠지?"

"예."

무열은 침상에서 내려왔다.

가슴이 답답하고, 전신의 근육이 당겨지는 느낌이었지만, 크게 신경 쓸 정도는 아니었다.

"어디 아픈 데는 없어?"

언이지가 무열의 한쪽 팔을 붙잡아 주며 물었다.

무열은 흠칫했다.

팔에서 느껴지는 따스한 느낌이 참으로 묘했다.

말로 설명할 수는 없지만, 분명 기분 좋은 느낌이다. 그런데 한편으로는 지금껏 느껴보지 못한 이상야릇한 것이라 적잖이 당황스러웠다.

"괜찮아요."

무열은 언이지의 손을 슬며시 떼어냈다. 그리고 언중걸의 뒤를 따라 움직였다.

'이런 바보, 고맙다는 말도 못했잖아.'

언이지는 무열의 뒷모습을 바라보며 스스로를 책망했다.

철마보 사람들이 묵고 있는 곳은 접객원 내에 있는 작은 별채였다.

무공의 고수들처럼 귀한 손님들을 맞는 접객원은 따로 있었고, 이곳은 일반 상인들을 맞는 곳이었다.

"북무련, 이곳은 무인들의 땅이다. 하니 우리 같은 상인들은 저들에게 언제나 이류일 뿐이다. 저들과 대등해지려면 저들이 인정할 수밖에 없는 무력을 갖추어야 한다."

언중걸이 걸으면서 말했다.

"상인의 힘은 돈이야. 한데 저들은 금력을 인정하지 않아. 저들이 입는 옷도 돈이고, 먹는 음식도 전부 돈인데 말이야. 그들이 사용하는 도검도 결국 돈인데, 그걸 인정하지 않아. 개자식들!"

언이지가 분하다는 듯 욕설을 내뱉었다.

무인이 되고 싶은 무열은 왠지 자신한테 욕을 하는 것 같아 뜨끔했다.

"보주님도 무인이잖습니까?"

"난 무공을 좋아하지 않는다. 저들의 싸움에 우리가 피 보는 일이 없었다면 무공을 익히지 않았을 게다."

녹림도들을 주살하던 모습과는 어울리지 않는 말이다.

그때 언중걸의 모습은 피에 절은 악귀가 따로 없었다. 무공과 살인을 즐겨하는 광인처럼 보였다.

무열은 자신이 동경하는 무인의 모습이 어쩌면 생각보다 끔찍한 것일 수도 있겠다는 생각이 들었다. 한편으로는 다른 누군가가 무인이 된 자신을 그렇게 바라보지는 않을지 염려가 되었다.

"하나만 물으마."

언중걸이 갑자기 걸음을 멈추고 무열을 돌아봤다.

자신을 바라보는 눈빛이 워낙 진지하여 무열은 놀라지 않을 수가 없었다.

"말씀하십시오."

"넌 무인이 되고 싶은 게냐?"

"예."

무열은 망설이지 않았다.

언중걸과 언이지가 무인에 대해 좋지 않게 이야기한다고 해서, 또한 누군가가 무인이 된 자신을 악귀처럼 바라볼지도 모른다고 해서 무인이 되고 싶은 열망을 꺾을 수는 없었다.

"그래. 그럴 거라 생각했다. 하면 지난번에 만났던 귀면왕 같은 자들을 만나면 꼬리를 내리고 싶으냐, 아니면 그런 고수들의 목을 비틀어 버리는 절대고수가 되고 싶으냐?"

당연히 후자다.

그날 귀면왕에게 맞섰을 때 절대 지고 싶지 않았다.

자신이 상대할 수 없는 고수라는 걸 알면서도 물러서고 싶지 않았다.

"목을 비틀고 싶습니다."

"좋다. 이왕 무인이 될 거라면 누구나 두려워하는 절대고

수가 되어야지. 하면 묻겠다. 넌 절대고수가 되기 위해 어떻게 할 작정이냐?"

"그건……."

"절대고수가 될 무공을 익히고 있느냐?"

"아니요."

"절대고수로 만들어줄 스승이 있느냐?"

"아니요."

"그럼 어떻게 하겠느냐?"

"전……."

"상대가 적이라면 주저 없이 목을 잘라야 한다. 그 숫자가 수백, 수천이라도 목을 자르고 머리통을 쪼갤 수 있어야 네가 원하는 고수가 될 수 있다. 할 수 있겠느냐?"

무열은 쉽사리 대답을 하지 못했다.

언중걸이 보여주었던 악귀 같은 모습이 머릿속에 떠올라 자꾸만 거부감이 들었다.

"칼을 들면 반드시 적이 생기게 마련이다. 네 식구를 지키려면 반드시 적을 죽여야 한다. 그리고 적은 하나를 죽이면 둘이 달려든다. 둘을 죽이면 넷이 달려들고, 넷을 죽이면 여덟, 팔십, 팔백이 되어 끊이지 않고 몰려오게 되어 있다. 어찌하겠느냐?"

"예?"

"그래도 칼을 들겠느냐?"

"전……."

"팔백, 팔천이 여기 있는 이지를 죽이려고 한다. 어떻게 하겠느냐?"

언중걸이 언이지를 가리키며 말했다.

무열은 언이지를 바라봤다.

당연히 지켜주어야 한다. 이미 그렇게 하겠다고 약속까지 했다.

하나 악귀가 되어 팔천을 도살하는 자신의 모습이 쉽사리 그려지지 않는다.

"독하지 않으면 장부가 아니라고 했다. 못하겠다면 무인이 되겠다는 생각을 거두거라."

언중걸은 그 말을 끝으로 다시 걸음을 옮기기 시작했다.

언이지 역시 걸음을 옮겼다. 그녀의 얼굴에는 약간의 서운함 같은 감정이 묻어나고 있었다.

"전 무인이 되고 싶습니다."

무열이 두 사람의 걸음을 붙잡았다.

몇 걸음 옮기기도 전이었다.

"전부 죽이겠다는 것이냐?"

언중걸이 걸음을 멈추고 물었다.

언이지 역시 걸음을 멈추었다.

"죽여야 한다면…… 그리할 수 있습니다."

"그리해야 한다."

"그리하겠습니다."

"지금 한 말, 절대 잊지 마라. 하면 절대고수가 되도록 도와주마."

"예?"

"그만 밥이나 먹으러 가자."

언중걸은 그 말을 끝으로 성큼성큼 가 버렸다.

"뭐해? 얼른 오지 않고."

언이지가 웃는 얼굴로 무열을 불렀다.

접객원의 규모에 비해 식당은 크고 넓었다.

북무련의 정문을 지키는 위사대원들 역시 이곳에서 식사를 하기 때문에 클 수밖에 없었다.

겉모양이 그럴 듯한 위사대원들을 수시로 보여줌으로써 북무련을 찾은 일반 상인들을 압박하기 위한 조치였다.

문제는 노골적으로 위세를 부리는 위사대원들이 있다는 거였는데, 너무 심하지 않으면 그냥 모른 척하는 분위기였다.

무력대에 들어가지 못하고 정문이나 지켜야 하는 데서 오는 위사대원들의 염증이나 불만을 그렇게라도 해소하도록 방치한 것이다.

"여어! 오신다는 말은 들었소. 언제 볼 수 있을지 기대하던 차였는데, 이렇게 보게 되는구려."

시원한 느낌이 드는 푸른색의 위사대 경장을 갖춘 사내들이 의기양양한 걸음으로 다가왔다.

저자의 무뢰배처럼 거들먹거리는 걸음은 아니었지만, 얼

굴에 떠올라 있는 거만한 위세는 별반 차이가 없었다.

"저 개새끼는 염모구란 자다. 내세울 거라고는 불알 두 쪽밖에 없는 새끼가 간신히 정문이나 지키는 주제에 행세란 행세는 혼자 다하고 지랄하는 놈이다."

언이지가 목소리를 낮춰 말했다.

무열은 눈을 들어 염모구란 자를 살폈다.

언이지에게 악평을 들어서인지 쭉 찢어진 눈이 간사해 보인다. 살짝 비틀어 올라간 입매는 사람을 업신여기고 있다.

이쪽을 완전히 무시하고 있음을 알 수 있다.

"언 소저, 그간 잘 지냈소?"

언제나 그랬듯이 반겨하는 이도 없건만, 스스로 찾아와 친근한 척을 한다.

"염 대협의 눈에는 식사하는 게 안 보이나요?"

"아, 식사 중이셨소? 마침 나도 식사를 하려던 참인데, 함께합시다."

그러고는 빈자리에 엉덩이를 깔고 앉는다.

언이지의 성난 눈썹이 확 치켜 올라갔다.

언중걸 역시 인상을 썼다.

옆자리에서는 장웅 등이 하던 식사를 멈춘 채 이쪽만 바라보고 있다.

"난 언 소저와 긴히 할 이야기가 있으니, 오늘 점심은 자네들끼리 하게."

"하하하! 오매불망 기다리던 님이 왔으니, 수하들은 필요 없다는 겁니까? 알았습니다. 소졸들은 이만 물러갈 터이니 좋은 시간 보내십시오."

"나중에 술 한잔 사십시오."

"그러지."

염모구는 언이지의 말처럼 내세울 게 전혀 없지는 않았다.

북무련을 결성하고 있는 서른두 개의 문파 중 나름 영향력을 행사하는 육양검문(陸陽劍門)의 둘째 자제이니 가벼운 신분은 아니었다.

본인의 실력이 형편없어 무력대에 들지 못했지만, 위사대 대주직을 맡고 있으니 철마보 같은 일반 상인들에게는 상당한 영향을 끼치는 힘을 가지고 있었다.

"그나저나 형님은 갈수록 관록이 대단해지는 것 같습니다."

염모구가 이제야 언중걸에게 눈길을 주었다.

"내겐 관록이라고 할 만한 게 없소. 그리고 난 그쪽의 형님이 아니오."

"형님도 참, 소제가 형님으로 모시기로 했……."

염모구가 능글거리는 모습으로 말을 잇자 언중걸이 더는 참지 못하고 자리에서 일어났다.

"육양검문이 대단한 거야 잘 알고 있소만, 그것이 본보를 우습게 여길 정도로 대단하다고는 생각지 않소. 더 이상 무례를 보인다면 그냥 넘어가지 않겠소."

"함께 식사나 하자는 건데, 무얼 그리 역정을 내시고 그 럽니까?"

"함께 식사할 마음이 없으니 그만 물러가시오."

"물러가라면 가야겠지요."

염모구가 자리에서 일어났다.

그리고 노려보는 언중걸을 향해 피식 웃었다.

"이번에도 철마대가 전멸했다지요? 하긴 낭인 따위를 긁 어 모아봤자 얼마나 가겠소?"

"뭐요?"

"현실을 직시하는 게 좋지 않겠소? 그게 철마보의 미래를 위한 것임을 어찌 모르는 거요?"

"닥치시오. 본보가 무너지는 한이 있어도 당신 따위에게 내 동생을 보내는 일은 추호도 없을 것이니, 언감생심 눈길 도 주지 마시오."

언중걸의 목소리가 컸다.

식당 안의 사람들이 일제히 시선을 돌렸다.

"따위라…… 크크큭!"

염모구가 비릿하게 웃었다.

두 눈 깊은 곳에서는 차가운 한광이 번뜩였다.

평소 자신의 처지에 남몰래 비관하던 염모구였다. 무공에 대한 자질이 부족하여 늘 부친의 눈 밖에 있었기 때문이다.

그러던 차에 언이지를 알게 된 건 그야말로 천재일우의 기회나 마찬가지였다. 언이지를 이용해 철마보를 손에 넣는다면 부친의 인정을 받을 수 있을 것이기 때문이다.

하지만 언이지와 언중걸은 냉대로 일관했다.

염모구가 갖은 방법을 다 써보았으나 별 소용이 없었다.

그것이 가슴에 분노로 쌓이고 쌓여 있었는데, 오늘 언중걸의 언사로 인해 폭발하기 일보 직전이었다.

"오라버니, 그만 가요."

언이지가 자리에서 일어나 언중걸의 옷자락을 잡아당겼다.

염모구가 무서워서가 아니다. 괜히 분란을 일으켰다간 결국 철마보만 타격을 입을 수밖에 없다는 것을 잘 알기 때문이다.

"이대로 가겠다고?"

염모구의 목소리가 낮게 깔렸다.

그의 손은 어느새 검병을 움켜잡고 있었다.

식당 안에는 많은 사람들이 있었고, 그들이 지켜보는 가운데, 수치를 당했다. 그것도 위사대원들이 지켜보는 가운데 말이다.

하니 이대로 보낼 수가 없었다.

그게 염모구의 생각이었다.

하나 염모구가 간과하고 있는 것이 있었다.

언중걸의 무공.

세간에는 칠 년 전에 전대 철마보주가 객사한 후에야 무공을 익히기 시작했다고 알려졌다. 너무 늦게 시작한 무공이라 제 한 몸을 지키기에도 모자라다는 것이 세간의 평이었다.

하지만 틀렸다.

열여덟이 되어서야 무공을 익히기 시작한 건 맞지만, 귀면왕에 맞설 정도로 강한 이가 바로 언중걸이었다.

세상에는 일반적인 무공과 그 궤를 달리하는 괴공과 사공도 존재했다.

언중걸은 괴공 중에서도 괴공을 익히고 있는 것이나 마찬가지였다.

염모구 따위가 넘볼 무위가 결코 아니었다.

"그러지 않는 게 좋을 거요."

언중걸의 목소리가 스산하게 흘러나왔다.

섬뜩한 무언가가 목소리를 타고 염모구를 압박했다.

'뭐, 뭐냐?'

간담이 서늘해진 염모구는 화들짝 놀랐다.

이건 자신이 상대할 만한 수준이 아니었다.

이대로 검을 뽑는 순간 머리통이 부서지고 말 거라는 불안감에 손이 떨렸다.

"언성이 높았다면 사과하겠소. 육양검문과 염 대협을 무시할 생각은 아니었소. 그럼."

언중걸이 포권하며 물러났다.

성질 같아서는 이참에 쓴맛을 제대로 보여주고 싶지만, 아직은 육양검문의 분노를 감당할 자신이 없었다.

언중걸이 적당히 염모구의 체면을 살려주며 물러나자 상황은 그렇게 일단락되었다.

무열과 언이지를 비롯한 철마보 사람들이 언중걸을 따라 식당 밖으로 나갔다.

염모구는 그때까지 눈 한 번 깜박이지 못했다.

'이런 개 같은 경우가……'

◆　　◆　　◆

언중걸은 그 길로 북무련을 나섰다.

북무련의 정문 앞에는 대로가 곧게 뻗어 있었지만, 언중걸 등은 말을 탈 수가 없었다.

일개 상인 따위가 자신들의 정문 앞에서 말을 달리는 것을 좋아할 북무련의 무인들은 없었다.

언중걸 등이 마상에 오른 건 도시를 빠져나간 후였다.

모두들 입을 다물고 천천히 말을 몰았다.

언이지는 착 가라앉은 분위기가 싫었다.

"오라버니, 진 사람이 빈 마사 치우기 해요!"

언중걸은 피식 웃으며 앞서 달리는 언이지를 따라 말을 달렸다.

"달리자는데, 뭐하는가!"

장웅이 소리치며 무열이 탄 말의 엉덩이를 손바닥으로 후려쳤다.

무열이 탄 말이 깜짝 놀라 앞으로 내달렸다.

"어, 어어어어!"

크게 휘청거린 무열이 가까스로 중심을 잡았다.

그 모습에 장웅을 비롯한 몰이꾼들이 크게 웃으며 말고삐를 잡아챘다.

"이랴!"

일곱 필의 말들이 요란한 소리를 내며 힘차게 달렸다.

북무련으로 향할 때는 그렇게도 힘들었던 여정이었는데, 철마보로 돌아가는 길은 너무나 편했다.

칠십여 마리나 되는 전마들도 없었고, 수백에 달하는 녹림도도 없었다.

날씨도 좋아 주변 풍광을 감상하며 느긋하게 이동했다.

그러나 그 평화가 산산이 깨진 건 일순간이었다.

"죽여라!"

돌연 목청이 찢어지는 듯한 일갈과 함께 후미에 일단의 무리가 나타났다.

언중걸을 비롯하여 뒤쪽을 돌아본 순간, 좌우 양쪽에서도 함성을 지르며 일단의 무리들이 모습을 드러냈다.

그들의 모습을 확인한 순간 언중걸의 얼굴이 흠칫 굳었다.

"천하녹림맹!"

"보주님, 기다리고 있었던 모양입니다."

장웅이 눈을 크게 뜨며 소리쳤다.

언중걸은 딱딱하게 굳은 얼굴로 고개를 끄덕였다.

"모두들 정신 바짝 차리고 날 따라와."

언중걸이 앞쪽으로 말을 몰고 튀어 나갔다.

순간, 전방에서 기다렸다는 듯이 녹림도들이 모습을 드러 냈다.

언중걸은 말머리를 틀었다.

"이쪽으로!"

완벽하게 갇히기 전에 빠져나가야 했다.

자신 혼자라면 상관없으나 다른 이들은 무공이 떨어져 갇 히는 순간 죽음을 피할 수 없다.

그러나 뜻밖에도 녹림도들의 움직임이 무척 기민했다.

사전에 연습이라도 해두었는지 빠져나갈 틈이 없도록 순 식간에 차단했다.

"비켜라!"

마상에서 상체를 일으킨 언중걸이 고함을 지르며 수중의 쌍부를 내던졌다.

북무련에 당도하자마자 새로 구입한 도끼였다.

맹렬한 파공음을 터트리며 날아간 도끼는 대여섯 명의 녹 림도들을 한꺼번에 쓰러트렸다.

그러나 앞을 가로막고 있는 녹림도들의 숫자는 수십이 넘 었다.

"그대로 달려!"

언중걸은 일행들을 독려하며 달리는 말에 박차를 가했다.

앞을 막고 있는 녹림도들의 숫자가 적지 않았으나 다행히 그들은 말을 타고 있지 않았다.

"죽여라!"

언중걸 등이 말을 몰아 무서운 속도로 달려오자 녹림도들이 낫과 도끼 같은 병장기들을 던졌다.

사람이 아닌 말을 노린 것이라 일부는 막았으나 낮게 날아온 일부를 막지 못해 세 마리의 말이 앞으로 고꾸라졌다.

몰이꾼 두 명과 무열이 탄 말이었다.

장웅과 육평 그리고 언이지는 무사했다.

'이런!'

언중걸은 대경하여 말고삐를 잡아챘다.

달려드는 녹림도에게서 박도를 빼앗아 미친 듯이 휘둘렀다.

세 명이 순식간에 피를 뿌리고 쓰러졌다.

"그냥 가!"

언중걸이 언이지에게 소리쳤다.

언이지는 자신이 남아봤자 짐이 될 뿐이라는 걸 알기에 그대로 말을 달려 빠져나갔다.

"무열아!"

"전 괜찮습니다."

무열이 목도를 들고 달려오며 대답했다.

하지만 두 명의 몰이꾼들은 무사하지 못했다. 한 명은 즉사했고, 다른 한 명은 다리가 부러졌다.

장웅이 말을 몰고 가 다리가 부러진 몰이꾼을 자신의 말에 태웠다.

녹림도들이 장웅을 향해 달려들려고 했으나 어느새 달려온 언중걸과 무열에게 맥없이 나가떨어졌다.

언중걸은 거기서 그치지 않고, 무시무시한 살기를 쏟아내며 주변의 녹림도들을 마구 베어 넘겼다.

무열이 거기에 합류하여 목도를 마구 휘둘러댔다.

그때였다.

두두두두두!

지축이 울리는 말발굽 소리가 요란했다.

좌측 능선을 넘어 빠른 속도로 달려오는 인마가 있었다.

"귀면왕!"

언중걸이 놀라 부르짖었다.

"무열아!"

언중걸이 자신의 말에 오르며 무열을 불렀다.

무열이 재빠르게 언중걸의 뒤에 탔다.

"이쪽으로!"

언중걸이 소리치며 말을 몰았다.

장웅과 육평이 그 뒤를 바짝 따랐다.

그들이 우왕좌왕하는 녹림의 무리들을 꿰뚫고 지나갈 때였다.

기이이이이잉!

천지간을 가르는 맹렬한 파공음이 모두의 가슴을 서늘하게 만들었다.

무열이 깜짝 놀라 고개를 돌려보니 귀면왕이 발출한 혈륜 두 개가 섬전처럼 쏘아져 오고 있었다.

"조심해요!"

무열이 소리쳤다.

혈륜들이 노리는 건 장웅과 육평이었다.

장웅은 동료를 태우고 있어 혈륜을 막을 수가 없었고, 육평은 무공이 현저하게 떨어졌다.

무열은 더 생각할 것도 없이 말 등을 박차고 날아올랐다.

그와 동시에 언중걸이 신형을 틀어 수중의 박도를 내던졌다.

꽈—앙!

언중걸이 던진 박도가 장웅을 노리는 혈륜을 쳐냈다.

바로 그 순간, 아찔한 굉음과 함께 무열의 작은 체구가 날아갔다.

혈륜에 실린 힘을 감당하지 못한 것이다.

"그냥 가!"

언중걸이 소리치며 말을 멈춰 세웠다.

장웅과 육평은 그대로 말을 달려 멀어져 갔다.

언중걸은 무열이 쓰러진 곳으로 말을 몰았다.

무열은 머리가 깨져 붉은 피를 철철 흘리고 있었다. 땅바닥에 나뒹굴 때 돌부리에 다친 모양이었다.

"괜찮느냐?"

"괘, 괜찮습니다."

무열이 비틀거리며 일어났다.

언중걸은 안도하며 시선을 돌렸다.

귀면왕이 탄 말이 빠른 속도로 가까워지고 있었다.

반면에 이쪽은 둘이었다.

말이 두 사람을 태우고 귀면왕의 수중을 빠져나가기엔 글러먹은 것이다.

언중걸은 말에서 내린 후 무열을 자신의 말에 태웠다.

"무열아!"

언중걸이 무거운 음성으로 불렀다.

"어, 어찌……."

무열이 핼쑥해진 얼굴로 말을 잇다 입을 다물었다.

속에서 비릿한 무언가가 넘어오려고 했기 때문이다.

언중걸은 무열의 얼굴을 직시하며 말했다.

"절대고수가 되도록 도와주겠다는 말 기억하느냐?"

"예. 예?"

"만일 내가 돌아오지 않거든, 날 처음 만났던 객잔으로 가서 내가 보내서 왔다고 하여라. 그곳에서 누군가를 만나게 되거든 날 대신하게 되었다고 하면 된다."

"보, 보주님!"

돌아오지 못한다는 게 무슨 말인가?

무열은 놀란 눈을 크게 치떴다.

"이지와 철마보를 지키겠다는 약속 반드시 지켜주리라 믿는다."

"보, 보주님?"

"가라!"

언중걸은 말의 고삐를 잘라 버린 후 말의 엉덩이를 찰싹 때렸다.

말이 크게 울음소리를 터트리며 쏜살같이 튀어 나갔다.

"보주님…… 우웩!"

무열이 언중걸을 부르다 결국 피를 토했다.

귀면왕이 팔성의 경력으로 펼친 비혈륜을 받아내느라 기혈이 역류한 탓이다.

무열은 가물거리는 시선으로 언중걸을 보았다.

언중걸이 웃고 있었다.

너무나 환한 미소였기에 무열은 자신이 꿈을 꾸고 있는 것 같은 착각마저 들었다.

제 8장

지옥

"무사하실 겁니다."

장웅의 말에도 언이지는 불안감을 떨치지 못했다.

석양에 붉게 물들어가는 노을이 언이지의 눈에는 핏빛으로 보여 불안감은 더욱 커졌다.

'오라버니……!'

수해 전, 부친이 돌아가셨다는 소식을 들었을 때도 지금처럼 노을이 붉었다.

그날 보았던 노을을 지금도 잊을 수가 없었다.

'아니야, 오라버니께서는 돌아오실 거야.'

언이지는 도리질쳤다.

그녀가 아는 언중걸은 매우 강했다.

세상 사람들 모르게 무척 강한 무공을 연성하고 있었다.

연공을 한 햇수가 짧아 경지에 오르지 못하고 있었지만, 지금 그 정도만으로도 충분히 강했다.

'그래, 조금만 더 기다리면 오라버니가 올 거야.'

언이지는 힘차게 고개를 끄덕이며 시선을 돌렸다.

"상 아저씨는 어때요?"

다리가 부러진 몰이꾼을 말함이다.

전마의 육중한 덩치 밑에 깔리고도 운이 좋아 다리가 부러지는 것으로 그쳤다.

"괜찮습니다. 보에 도착하는 대로 치료를 받으면 될 겁니다."

"아직 하루는 더 가야 하니 장 아저씨가 잘 보살펴 주세요."

"염려 마십시오. 제가……."

"저, 저기……!"

갑자기 육평이 놀란 음성으로 장웅의 말을 끊었다.

장웅과 언이지가 고개를 돌려보니 붉게 물든 노을을 등지고 나타난 이가 있었다.

터벅터벅 걷는 걸음이 무척 위태했다.

"아!"

언이지의 입에서 앓는 듯한 신음이 흘러나왔다.

장웅이 두 눈을 터질듯이 부릅떴다.

"아, 아가씨!"

육평은 안절부절 아무것도 할 수가 없었다.

붉은 노을 속에서 걸어오고 있는 이는 분명 무열이었다.

거리가 멀어서 육안으로 식별하기 어려웠으나 작은 체구로 보아 틀림없었다.

무열이 살아서 돌아오고 있는 것이다.

하지만 반길 수가 없다. 혼자가 아니기 때문이다.

무열의 품에 축 늘어진 사람.

"오라버니!"

언이지가 달려갔다.

"보, 보주님!"

"보주님!"

장웅과 육평 역시 달려갔다.

세 사람은 자신들의 머릿속에 떠오른 상상이 틀렸기를 바라며 한걸음에 달려갔다.

"오, 오라버니……."

언이지가 걸음을 멈추었다.

장웅과 육평 역시 걸음을 멈췄다.

"저, 저 때문에…… 저 때문에……."

무열이 무릎을 꿇었다.

언중걸의 주검을 내려놓자 무열의 품에서 잘려 나간 팔다리가 굴러 떨어졌다.

"오, 오라……!"

언이지가 눈을 하얗게 뒤집고 쓰러졌다.

혼절하는 바람에 오열조차 하지 못했다.

"아가씨!"

장웅이 화급히 언이지를 받았다.

그 와중에도 무열은 잘려 나간 팔다리를 제자리에 맞추었다.

당연히 붙지 않았다.

주르르르륵!

다 쏟아냈다고 여겼던 눈물이 범람하듯 흘러내렸다.

"저 때문에, 저 때문에……."

무열은 같은 말을 되풀이하며 주검을 붙잡고 울었다.

울고, 울고 또 울었다.

가슴에 들어찬 미안함이 돌덩이가 되고, 납덩이가 되도록 하염없이 울었다.

피처럼 시뻘건 노을이 무열을 지켜보고 있었다.

◆　◆　◆

철마보주 언중걸의 장례는 간소하게 치러졌다.

철마보의 식구들만 모여 고인의 원혼을 달래는 정도였다.

사흘 밤낮 동안 철마보의 눈물이 마르지 않았으니, 언중걸이 철마보의 식구들을 얼마나 따뜻하게 대했는지 충분히 알고도 남음이 있었다.

장례를 치르는 동안 언이지는 두 번 혼절했다.

식음을 전폐하니 결국 버티지 못하고 침상 신세를 면치

못했다.

무열은 언중걸의 관 옆에서 한순간도 떨어지지 않았다.

납골당에 안치된 이후에도 납골당 문 앞에 무릎을 꿇고 앉아 결코 일어나지 않았다.

그렇게 닷새가 흘러갔다.

칠흑 같은 어둠이 철마보를 집어삼켰다.

무열은 어둠보다 더욱 지독한 괴로움 속에서 눈물을 흘렸다.

언중걸이 마지막으로 웃던 모습.

그 순간을 똑똑히 기억했다.

그날, 그 마지막 순간.

어떻게든 정신을 차리고 말에서 내렸어야 했다.

하지만 귀면왕의 비혈륜을 억지로 받아내느라 기혈이 역류한 탓에 그렇게 하지 못했다.

나중에 정신을 차리고 달리는 말에서 뛰어내려 미친 듯이 돌아갔을 때는 모든 게 끝나 있었다.

두 팔과 두 다리가 잘린 참혹한 모습의 언중걸만이 황량한 대지에 나뒹굴고 있었다.

"끄어어어어어어!"

무열은 오열했다.

가슴 밑바닥에서 올라오는 격한 감정에 짐승처럼 울부짖었다.

하나 자신 때문에 죽었으니 그 미안한 마음을 어찌 다 속

죄할까.

그 죄책감으로 인해 극에 달한 감정이 폭발하지 못하고 안으로 억눌려 무열을 갉아먹었다.

"어어어어어……."

무열은 신음인지 괴성인지 모를 소리를 흘리며 죄책감에 빠져 허우적거렸다.

백지처럼 순수했던 만큼 정신적인 타격 역시 컸다.

"너 때문이 아니야."

환청인가?

힘없는 음성이 가슴으로 스며들었다.

"어어어어어……."

"오라버니는 널 식구로 받아들였어. 그러니 위험을 무릅쓰고라도 널 구하려고 한 건 당연한 일이야."

환청이 아니다.

무열은 천천히 고개를 들고 뒤쪽을 돌아봤다.

어둠 속에 새하얀 침의 차림을 하고 있는 언이지가 보였다.

언이지를 보니 눈물이 왈칵 쏟아졌다.

"죄송합니다. 죄송합니다."

무열은 머리를 조아렸다.

"너 때문이 아니라고 했잖아!"

언이지가 소리쳤다.

고개를 떨군 무열의 신형이 부르르 떨렸다.

"오라버니의 죽음을 헛되게 하지 마. 그렇게 자책할 시간이 있으면…….”

감정이 북받치는지 언이지는 더 이상 말을 잇지 못하고
그 자리에 주저앉았다.

“으어어어어!”

무열은 깜짝 놀라 무릎걸음으로 빠르게 다가갔다.

가까이서 보니 하얗게 탈색한 얼굴이 너무나 안쓰러웠다.

“아파. 가슴이 너무 아파. 무열아, 오라버니가 죽어서 너
무 힘들어. 하지만…… 하지만 말이야.”

힘겨운지 가쁜 숨을 한참이나 몰아쉰 언이지는 손을 뻗어
무열의 얼굴을 쓰다듬었다.

“오라버니한테는 철마보가 전부였어. 그러니까 내가 오라
버니를 대신해서 철마보를 일으켜야 해. 도와줘. 네가 도와
주어야 해. 오라버니는…… 오라버니가 너한테 기대한 게 있
어. 그게 뭔지 생각해. 이렇게 자책하는 건 오라버니가 바라
는 게 아니야. 나도 힘낼 거야. 아픈 건, 여기 가슴에 담아두
고 더 힘을 내서 오라버니가 하려던 일을 해내고 말 거야. 반
드시…… 반드시 해내고 말 거야. 그러니까…… 도와줘.”

쏟아내듯 많은 말을 한 언이지는 식은땀을 흘리다 결국
버티지 못하고 혼절했다.

화들짝 놀란 무열은 언이지를 안아들고 미친 듯이 뛰어갔다.

“기력이 쇠해 잠시 혼절한 것뿐이다.”

총관의 설명에도 무열은 염려 가득한 얼굴로 침상에서 눈

을 떼지 못했다.

"그만 나가자."

"제가 지키겠습니다."

무열의 말에 총관은 망설였다.

이제 철마보의 주인은 언이지였다. 그런 언이지를 자신이 잘 알지도 못하는 아이에게 맡겨두어도 되는지 고민했다.

하나 곧 장웅에게 들었던 말을 상기했다. 또한 언이지가 이 한밤중에 그 몸을 이끌고 찾아간 것만 보아도 믿을 수 있을 터였다.

게다가 언중걸이 손을 잡고 철마보로 데려온 아이가 아니던가.

"부탁하마."

총관은 그 말을 남기고 방을 빠져나갔다.

무열은 침상 곁으로 다가갔다.

언이지는 죽은 듯이 잠들어 있었다.

무열은 저도 모르게 언이지의 호흡에 집중했다. 다행히 숨을 쉬고 있었다.

무열은 안도하며 그 자리를 지켰다.

석상처럼 어둠 한쪽에 우두커니 선 채로 언이지만을 내려다봤다.

천지가 무너져도 꿈쩍도 하지 않을 모습이었다.

죽음 같은 정적 속에서 하염없이 언이지만을 들여다봤다.

언중걸을 향한 자책감을 고스란히 언이지에게로 옮겨놓았

다.

언이지를 지키는 것!

그것이 사명인 듯 그 자리에서 미동조차 하지 않았다.

그렇게 시간이 흘렀다.

어둠은 점점 힘을 잃어갔다.

창문 밖으로 아침이 밝아오고 있었다.

언이지는 천근만근 무거운 눈꺼풀을 간신히 들어 올렸다.

밝은 햇살이 눈을 아프게 했다.

다시 감았다가 눈을 뜬 언이지는 자신의 손에 쥐어져 있
는 천 조각을 발견했다.

손을 움직이는 것조차 힘겨운 듯 천천히 천 조각을 펴본
언이지의 눈에 붉은 피로 쓴 글씨가 들어왔다.

반드시 돌아오겠습니다.

'무열아!'

언이지는 다시 눈을 감았다.

◆　　◆　　◆

점소이 엽동은 늘어지게 기지개를 펴며 입이 찢어져라 하
품을 했다.

"흐아아아암! 오늘도 망할 놈의 하루가 시작되는구나."

고달픈 점소이의 하루가 오늘도 어김없이 찾아왔다.

어린 나이에 점소이라도 할 수 있어 배곯을 일 없이 푼돈이나마 모을 수 있다는 게 어딘가 마는 미식가입네 하는 입맛 까다로운 작자들과 욕설에 고성방가를 해대는 술꾼들, 그리고 툭하면 찾아와 공짜 술에 공짜 폭력을 행사하는 독질 패거리들 때문에 몸 고생이 이만저만이 아니었다.

"오늘 딱 하루만 참고 때려 친다 때려 쳐."

엽동은 왕 숙수의 입버릇을 따라하며 전날 굳게 닫아두었던 객잔의 문을 활짝 열었다.

"앗! 깜짝이야!"

엽동은 문을 열자마자 깜짝 놀랐다.

문 앞에 웬 애새끼가 귀신처럼 서 있었기 때문이다.

"뭐야? 뭔데 새벽부터 오고 지랄이야? 영업 시작하려면 멀었으니까, 얼른 꺼져."

엽동은 상대가 자신보다 훨씬 작았기에 때릴 듯이 위협하며 윽박질렀다.

"철마보주님이 보내서 왔습니다."

"뭐, 뭐?"

"철마보주님이……."

"언 아저씨는 죽었…… 으헥! 귀, 귀신이 보냈다고?"

"그래, 철마보주가 보내서 왔다고?"

"예."

객잔 주인의 물음에 무열은 천천히 고개를 끄덕였다.

뭔가를 갈구하는 눈빛이었다.

어쩌나 강렬한지 한이 절절하여 독기가 서린 사람 같았다.

'흐음, 죽은 중걸이 보냈다고? 죽을 걸 알고 보냈단 말인가?'

객잔 주인은 의아한 눈빛을 던졌다.

"뭐라고 하면서 이곳으로 가라고 하더냐?"

"절대고수가 되도록 도와준다고 하셨습니다."

"절대고수? 이곳은 객잔이거늘 어찌 그런 말을 하였을까?"

"……."

"철마보주가 뭔가를 착각한 게 아닐까?"

"전…… 보주님을 믿을 뿐입니다."

"그래. 누군가를 믿는다는 건 좋은 일이다. 하지만 너도 알다시피 이곳은 객잔이잖느냐? 무공을 익히려면 무관으로 가든지 명문 대파를 찾아가야 하지 않겠느냐?"

"제발 내치지 말고 보주님의 뜻을 이을 수 있도록 도와주십시오."

무열이 무릎을 꿇었다.

애원하듯 간청하며 머리를 객잔 바닥에다 '쿵!' 소리가 나도록 강하게 찧었다.

"허허! 철마보주가 보냈다기에 밀린 술값을 갚으려는 줄 알았더니, 이 무슨 억지이냐?"

"제발, 도와주십시오."

객잔 주인의 말에 무열은 더욱 강하게 머리를 찧으며 애원했다.

"어허! 달랠 걸 달래야지. 이곳은 객잔이니 그만 물러가거라."

"제발……."

"물러가라지 않느냐."

객잔 주인의 음성이 커졌다.

은근한 노기가 서려 있어 무열은 자리에서 일어날 수밖에 없었다.

객잔 주인에게 인사를 한 무열은 문을 열었다.

하나 쉬이 발걸음이 떨어지지 않았다.

이제 어찌해야 할지, 어디로 가야 하는지?

무열은 눈앞이 캄캄했다.

지금 무열에겐 한 가지 생각뿐이었다.

복수!

귀면왕을 죽이겠다는 일념만이 무열이 숨 쉬는 이유였다.

언이지는 무열이 때문에 언중걸이 죽은 게 아니라고 했다.

무열을 식구로 받아들였기 때문에 위험을 무릅쓴 것이라고 했다.

식구!

그렇다면 더더욱 복수를 해야 하지 않겠는가?

이렇게 좌절해서야 무얼 할 수 있겠는가.

명문 대파를 찾아가야 한다면 찾아간다.

지옥에라도 마다하지 않을 생각이거늘 무엇이 두려울까.

무열은 힘차게 문을 닫았다.

그리고 허리를 세우고 어깨를 폄과 동시에 고개를 들어 전방을 똑바로 바라봤다.

순간, 무열은 벼락 맞은 사람처럼 그 자리에 굳어 버렸다.

"……!"

복도 끝에 한 사람이 보였다.

호랑이 가죽을 걸친 노인.

노인이 쏟아낸 흉포한 살기가 복도를 가득 채우며 다가왔다.

무열은 진저리를 치듯 떨었다.

"귀면왕!"

그의 목소리마저 떨려 나왔다.

두려워서가 아니었다.

분노의 감정을 주체할 수가 없어서였다.

멀쩡한 얼굴로 씩 웃고 있는 귀면왕을 보자 언중걸의 죽은 모습이 떠올라 더는 버틸 수가 없었다.

"으아아아아악!"

무열은 괴성을 지르며 벼락같이 달려들었다.

목도가 없어 두 주먹을 휘둘렀다.

퍽!

머릿속을 통째로 뒤흔드는 육중한 충격과 동시에 무열은 암흑의 나락으로 나가떨어졌다.

◆　　◆　　◆

톡!

차가운 벼락이 머리로 떨어졌다.

두개골이 으깨지는 듯한 고통이 정신을 뒤흔들었다.

톡!

차가운 벼락은 한 번에 그치지 않았다.

두개골이 벌어지고, 뇌가 부서지는 것처럼 고통스러웠다.

하나 고통만이 정신을 지배할 뿐 아무것도 인지할 수가 없다.

톡!

정신조차 가루가 되어 흐트러졌다.

비명조차 지를 수 없는 극악한 고통이 정신조차 부수어 놓았다고 여겨진 순간, 놀랍도록 극렬한 고통과 함께 두 눈이 번쩍 떠졌다.

순간, 차가운 벼락의 진실한 모습이 동공에 맺혔다.

톡!

"으으으으!"

절로 신음이 흘러나왔다.

한 방울의 물방울이 이토록 엄청난 고통을 줄 수 있다는 사실에 무열은 경악을 금치 못했다.

"정신을 차렸으면 일어날 것이지 어찌 고통을 사서 받는 것이냐."

쉰내가 날 것 같은 늙수그레한 목소리였다.

무열은 또다시 떨어지는 물방울을 피해 상체를 벌떡 일으켰다.

"쯧쯧! 물방울조차 두려워하는 놈이 무얼 하겠다고 찾아온 게냐?"

새하얀 머리털이 듬성듬성 남아 있는 오 척 단구의 꼽추 노인이 보였다.

무열은 노인의 말에 얼굴을 붉혔다.

하나 곧 주먹을 불끈 쥐고 노인을 경계했다.

"아주 가지가지 하는구나."

"어디에 있습니까?"

"누가 말이냐?"

"귀면왕!"

"귀면왕?"

노인이 의아하여 되물은 순간 누군가가 끼어들었다.

"중걸이를 죽인 자가 귀면왕입니다. 아마 사사미혼진(邪死迷魂陣)에서 그자를 본 모양입니다."

객잔 주인이었다.

무열은 의아한 눈빛으로 객잔 주인과 꼽추노인을 번갈아 봤다.

"닭 모가지 비틀 힘도 없는 놈이 중걸이도 감당 못한 자를 불러내? 아주 웃기는 놈일세."

꼽추노인이 핀잔했다.

객잔 주인이 말한 사사미혼진은 원한이 극에 달해 자신을 불태워서라도 반드시 죽이고 싶은 자의 환영을 불러내게 되어 있었다.

그리고 사사미혼진에서 환영을 본 사람은 심력이 고갈될 때까지 결코 빠져나올 수가 없다.

설사 진에서 빠져나온다 하더라도 한 번 타격을 받은 정신은 쉬이 되돌아오지 않아 끝없이 환영에 시달려야 한다.

좀 전에 무열의 뇌리를 자극한 물방울이 아니었다면 무열은 아직도 귀면왕의 환영에 시달리고 있을 터였다.

"네가 본 귀면왕은 네 스스로 만들어낸 환영에 불과하니 그리 경계할 것 없다."

객잔 주인의 말에 무열은 어리둥절한 표정을 지을 뿐이었다.

"넌 미혼진에 걸렸다."

"미혼진……?"

"중걸이는 이곳에서 무공을 익혔으니, 그리 경계할 필요 없다."

"……!"

무열은 그제야 경계심을 풀었다.

언중걸이 자신을 보내려고 한 곳이 바로 이곳이었던 것이다.

"원래는 받아들이지 않으려 했다만, 네가 사사미혼진에 빠지는 바람에 이렇게 되고 말았구나."

"그걸 어찌 네놈 마음대로 결정하고 지랄이냐?"

객잔 주인의 말에 꼽추노인이 노화를 터트렸다.

그러자 객잔 주인이 머쓱한 표정을 지으며 고개를 숙였다.

"죄송합니다. 지옥팔관에 들기에는 너무 어려 보여서 그리 판단했습니다."

"어릴수록 결과가 좋다는 걸 모르더냐?"

"하지만 어린아이들의 인내력으로는 일관조차 버티지 못한다는 걸 잘 아시잖습니까? 중걸이조차 겨우 사관을 통과했습니다. 보십시오. 이리 약해 보이는 놈이 어찌 지옥팔관에 들 수 있겠습니까?"

"이것저것 따져서 무얼 하겠다는 것이냐?"

"죽을 걸 알면서도 그리할 수는 없잖습니까."

"됐다. 나는 이 아이가 마음에 든다. 하니 더는 방해하지 말 거라."

"어르신."

"아이야. 네가 원한다면 무적의 고수로 만들어주겠다. 네 혼백조차 태워 버릴 극열지옥(極熱地獄)이라도 감히 뛰어들 용기가 있느냐?"

꼽추노인은 객잔 주인의 말을 무시하고 무열을 향해 물었다.

무열은 뭐가 뭔지 몰랐지만, 자신이 바라는 게 꼽추노인에게 있다는 걸 알았다. 하여 주저하지 않고 대답했다.

"뛰어들겠습니다. 절대고수가 될 수 있다면 무슨 짓이든 하겠습니다. 부디 그렇게 만들어주십시오."

무열이 힘차게 대답하자 꼽추노인이 객잔 주인을 쳐다봤다.

"보았느냐? 본인도 이리 원하고 있지 않느냐?"

"지옥팔관이 무엇인지 모르니 저러는 것이 아닙니까?"

"됐다. 중걸이가 이 아이를 이리 보낸 데는 그만한 이유가 있을 터, 너는 그만 나가 보거라."

"어르신!"

"그만 나가보래두!"

꼽추노인의 반응이 워낙 강경하자 객잔 주인은 더는 반발하지 못하고 무열에게 시선을 돌렸다.

"좀 전에 물방울이 준 고통을 기억하느냐? 네놈이 저곳에 누워 있었던 건 한식경에 불과하다. 하지만 지금 나와 함께 이곳을 나가지 않는다면 네놈은 앞으로 석 달 동안 저곳에 누워 있어야 한다. 그게 바로 지옥일관이다."

무열의 눈이 커졌다.

좀 전에 받았던 고통은 정말 끔찍하기 짝이 없었다.

쇠망치로 머리를 내려치면 그러할까?

차가운 벼락이 두개골을 부수고 뇌를 헤집어 놓는 듯했다.

그 끔찍한 고통이 사라지기도 전에 또다시 차가운 벼락이 내리치니 고통을 삭일 여지조차 없었다.

그런데 그 끔찍한 고통을 석 달 동안 받아야 한다.

생각만으로도 오한이 엄습하는 듯 식은땀이 났다.

하지만 자신을 혹사시킬수록 강해진다면 얼마든지 그리하겠다.

"강해질 수만 있다면 상관없습니다."

무열이 결연한 얼굴로 말했다.

하나 객잔 주인은 고개를 저으며 말했다.

"지옥일관은 준비 단계에 불과하다. 어찌어찌해서 일관을 버텨낸다 하더라도 지옥이관은……."

"그만 나가라고 하지 않았더냐!"

꼽추노인의 호통에 객잔 주인은 급히 입을 다물었다.

"설명을 해도 내가 하고, 겁을 줘도 내가 줄 것이니 그리 알고 그만 나가보거라."

당사자인 두 사람이 저러하거늘 어찌하겠는가.

객잔 주인은 짤막한 한숨만 남기고 밖으로 나갔다.

그그그궁!

육중한 석문이 닫히는 소리가 요란했다.

무열은 그제야 자신이 있는 곳이 객잔이 아니라는 것을 알아차렸다.

사방을 둘러보니 온통 암벽으로 둘러싸인 그리 크지 않은 석실이었다.

"객잔 지하이니라."

꼽추노인의 설명이었다.

무열은 꼽추노인에게로 시선을 돌렸다.

"말해봐라."

"예?"

"너한텐 반 갑자에 해당하는 내력이 있다. 그것도 도가 계열의 정순한 내가공력이다."

꼽추노인의 눈빛이 예사롭지 않게 빛났다.

무열은 거짓을 말해서는 안 된다는 느낌을 받았다.

하여 흑지에 대해 간단히 설명했다.

지관 유숙의에게 들은 생룡의 기운이 어쩌고 혈담이 어쩌고 하는 설명은 하지 않았다. 그저 조상 대대로 전해져 온 호흡법이 있고, 매일같이 흑지에 몸을 담갔다는 것만 이야기했다.

흑지에 대해서는 산짐승들이 상처를 치유하는 것을 선대가 우연히 목격했다고 말했다.

거짓이 아니니 마음에 거리낄 게 없었다.

꼽추노인은 무열을 뚫어져라 응시했다.

거짓인지 살피는 것이리라.

'눈빛을 보니 거짓은 아닌 것 같은데…….'

꼽추노인은 잠시 생각하더니 언중걸과의 관계를 물었다.

"어떻게 만났는지, 그놈이 너한테 무슨 말을 했는지 있는 그대로 소상히 말하거라."

무열은 고개를 끄덕였다.

며칠 되지 않은 짧은 만남이었기에 어떤 일이 있었는지, 언중걸이 무슨 말을 했고, 어떤 표정을 짓고 있었는지 똑똑히 기억하고 있었다.

무열은 슬픈 얼굴로 이야기하기 시작했다.

하나 귀면왕을 이야기할 때는 두 눈에서 불을 토했고, 이를 빠드득 갈아붙이기도 했다.

눈앞에 있다면 야차같이 달려들 기세였다.

무열의 설명이 끝나자 꼽추노인은 한참을 고민했다.

아직 어린 무열을 받아들이려 한 이유는 하단전에 자리한 공력 때문이었다. 정순한 공력이 있으니 지옥팔관을 버텨낼 수 있을지도 모르겠다는 생각을 한 것이다.

'중걸이 놈이 이 아이를 이리 보낸 것도 이 때문일 터, 게다가 사람 보는 눈은 나이답지 않게 정확한 놈이니 믿어도 될 게다.'

꼽추노인은 다시 한 번 무열을 훑어본 후 석실 밖으로 데려갔다.

밖으로 나가니 좀 더 널찍한 공간이 나왔다.

꼽추노인이 생활하는 공간인 듯 자질구레한 생활용품들이 있었고, 돌침상과 돌탁자가 갖추어져 있었다.

"먹거라."

돌탁자 위에 먹음직스럽게 보이는 편육과 아직 김이 나는 하얀 국물 그리고 술 한 병이 놓여 있었다.

"괜찮습니다."

"며칠을 굶었느냐?"

"예?"

"그 몸으로는 아무것도 할 수가 없으니, 며칠 동안 잘 먹고 푹 쉬도록 하여라."

꼽추노인의 말에 무열은 고개를 끄덕이며 손을 뻗었다.

편육을 씹고, 따뜻한 국물을 벌컥벌컥 마셨다.

그런 무열을 바라보며 꼽추노인이 한마디를 툭 내뱉었다.

"지옥에 대해 아느냐?"

편육을 씹고 있던 무열은 입을 열지 않고 고개만 저었다.

"석가를 낳은 마야부인이 도리천에서 지장보살께 무간지옥이 어떤 곳인지 여쭈었다고 한다."

꼽추노인이 그렇게 운을 떼자 무열은 눈을 반짝이며 집중했다. 지옥팔관과 관계가 있는 이야기일 것이 자명했기 때문이다.

"그에 지장보살께서 말씀하시길, '무간지옥의 둘레는 일만팔천 리요, 담장 높이는 천 리인데, 아랫불은 위로 치솟고 윗불은 아래로 쏟아져 내려오며, 쇠로 된 뱀과 개가 불을 토하면서 담장 위를 동서로 마구 달립니다. 옥중에는 넓이가 만 리인 평상이 있는데, 한 사람이 죄를 받아도 그 몸이 평상 위에 가득 차게 되고, 천만 사람이 죄를 받아도 역시 각자의 몸이 평상 위에 가득 참을 보게 되는데, 뭇 죄업으로써 이와 같은 보를 받게 되는 것입니다. 또 모든 죄인이 온갖 고초를 골고루 다 받는데, 천백 야차와 악귀들이 어금니는 칼날 같고, 눈은 번갯불 같으며, 손은 구리쇠 손톱으로 되어, 죄인의 창자를 끄집어내어서 토막토막 자릅니다. 또 어떤 야차는 큰 쇠창을 가지고 죄인의 몸을 찌르는데, 입과 코를 찌르는가 하면 배나 등을 찔러 공중으로 던졌다가 다시 받아서 평상 위에 놓기도 합니다. 또 쇠로 된 매가 있어서 죄인의 눈을 파먹으며, 또 쇠로 된 뱀이 있어서 죄인의 목을 감아 조이고, 또 온몸 마디마디에 긴 못을 내리박기도 하며, 구리 쇳물을 입에 붓기도 하며, 뜨거운 철사로 몸을 감아서 만 번 죽였다 만 번 살렸다 하나니, 업으로 받는 것이 이와 같아서 억겁을 지내도 벗어날 기약이 없습니다.' 라고 하였다."

그렇게 장황한 말을 한 꼽추노인은 잠깐 숨을 고른 후 무열을 직시했다.

"지옥팔관은 이 무간지옥의 이야기를 토대로 만들어졌다. 무간지옥의 형벌을 능히 감내하는 무인이 존재한다면 그 어떤 인간이 그를 상대할 수 있겠느냐?"

"아!"

꼽추노인의 말에 무열은 감탄인지 두려움인지 모를 탄성을 토했다.

하나 꼽추노인이 고개를 저었다.

"하나 그 정도로는 절대무적일 수가 없다."

"예?"

"무림천하에는 지옥보다 더욱 지독한 것들이 존재한다. 그 사실을 깨달은 노부의 선대께서는 그것들을 모으기 시작했다. 장장 칠백 년이 걸렸다. 칠백 년이 걸려서야 그것들을 한데 모아 지옥팔관을 더욱 지독하게 바꾸었다."

두 눈을 감으며 말하는 꼽추노인의 모습에는 한탄이 섞여 있었다.

선대에서부터 이어져 온 무슨 곡절이 있는 모양이다.

하나 무열은 감히 묻지 않았다.

"지옥팔관은 그 하나하나가 인간의 몸으로는 결코 버틸 수 없는 것이다. 게다가 지옥사관부터는 무림천하에 독보적인 것들을 모아놓은 것이니 버티지 못하면 죽을 것이다. 하나 만일의 경우 팔관을 모두 통과한다면…… 넌 감히 절대라 칭할 수 있는 금강무종(金剛武宗)이 되어 그 누구도 두려워하지 않아도 된다."

꼽추노인의 말에 무열은 저도 모르게 두 주먹을 강하게 움켜쥐었다.

'통과합니다. 반드시 해내고 말 겁니다.'

◆　◆　◆

무열은 이틀 동안 잘 먹고 푹 쉬었다.

일체의 잡념을 버리고 하나만 생각했다.

최상의 몸을 만들어 지옥팔관을 끝까지 통과하겠다는 일념이었다.

하여 꼽추노인에 대해 묻지 않았다. 언중걸과의 관계에 대해서도 관심을 갖지 않으려 애썼다.

꼽추노인도 설명하려 들지 않았다.

지옥에 대하여 이야기를 한 후로 무열이 편히 쉴 수 있도록 말조차 걸지 않았다. 다만 한걸음 물러난 곳에서 무열이 하는 양을 가만히 지켜볼 뿐이었다.

그 모습이 흡사 사형수에게 마지막 시간을 주는 것처럼 보였으나 무열은 개의치 않고 몸을 회복하고 각오를 다지는 데만 열중했다.

일반 사람들과는 달리 평상시에도 신선의 호흡을 하는 데다 하루 종일 운기를 하니, 이틀 만에 그간 몸 안에 쌓였던 독소가 말끔히 사라졌다.

"네가 익힌 운기토납은 확실히 도가의 것이로구나."

꼽추노인이 말했다.

무열이 운기를 하는 동안 몸 안을 드나드는 기운을 살펴보니 도가 특유의 청정한 성질이었다.

무열이 고개를 끄덕였다.

"선대께서 신선이라고 칭하신 걸로 보아 아마 그러할 것입니다."

"도가와 불가의 기운은 심신을 안정시키는데 탁월한 효능이 있다. 고통이 극에 달하면 차라리 죽고 싶다는 심마가 찾아올 터, 네가 적공한 도가의 기운이 심마의 유혹으로부터 널 지켜주기를 기대하고 있다. 그게 노부가 널 받아들인 이유다."

무열은 말없이 고개만 끄덕였다.

꼽추노인은 그 어떤 대꾸도 듣지 않겠다는 듯이 무열이 깨어났던 석실로 데려갔다.

그곳에는 시커먼 돌침상이 놓여 있었고, 머리 위에는 석순처럼 보이는 누런 돌덩이가 거꾸로 매달려 있었다.

"여기서 떨어지는 건 그냥 물방울일 뿐이다. 하나 이 물방울이 수만 번 떨어지면 단단한 암석조차 감당하지 못하니라. 하물며 인간의 몸으로 어찌 버틸까?"

무열은 다시 고개를 끄덕였다.

이미 물방울의 위력을 몸소 겪어 보았기에 수긍할 수밖에 없었다.

"지옥일관은 준비 단계이다. 죽음보다 더한 고통을 감내할 수 있는 정신력을 키워주는 곳이다. 넌 이곳에서 네 정신력의 한계를 보게 될 게다. 골이 흔들리다 못해 부서지는 상태가 넘어가면 의식이 흐릿해지고, 정신이 분열하다 못해 온갖 환상과 심마에 시달리게 될 게다. 죽고 싶다는 유혹과 의식을 놓아 버리고 싶다는 유혹이 상상도 못할 정도로 널 괴롭힐 게다. 그걸 감당하고 버티려면 상상을 초월하는, 그야말로 초인적인 인내력을 필요로 한다. 게다가 아무도 보아주지 않는다. 네놈 혼자서 싸워야 하고, 혼자서 버텨야 한다. 지독한 외로움이 더욱 괴롭힐 게다."

"버틸 것입니다."

굳게 대답하는 무열.

꼽추노인은 그런 무열을 한동안 빤히 바라보더니, 곧 무언가를 내밀었다.

누런 금박을 입혀놓은 아기 주먹만 한 환약이었다.

"이게 뭡니까?"

"석 달 동안 물 한 모금 마시지 못하는 네 몸을 위해서다."

무열은 알겠다는 듯 고개를 끄덕인 후 환약을 받아 꿀꺽
삼켰다. 목구멍 속으로 넘어간 환약은 식도를 통해 알싸한
느낌을 전해주었다.

"이제 눕거라."

무열은 시키면 돌침대 위에 누웠다.

돌침대의 차가운 기운 때문인지 아니면 지난번에 겪어 보
았던 물방울의 위력 때문인지 무열의 몸이 잘게 떨렸다.

무열은 어금니를 꽉 깨물었다.

꼽추노인은 무열이 준비가 된 듯하자 천장에 거꾸로 매달
린 석순처럼 보이는 누런 돌덩이를 만지작거렸다.

단순한 돌덩이가 아니었다.

만년지황석(萬年地黃石)으로 만들어진 기관이었다.

이 기관 안에는 시리도록 차가운 액체가 들어 있는데, 꼽
추노인의 말과는 달리 단순한 물이 아니었다. 지심한령석균
(地心寒靈石菌)이라는 투명한 균사체의 군집이었다.

지심한령석균이 체내로 유입되면 유기 조직들과 결합하여
그 성질을 고무처럼 질기게 만들어준다. 그 때문에 무열이
받는 고통은 그대로이나 살이 괴사하고 두개골이 쪼개질 일
은 결코 일어나지 않는다.

꼽추노인이 기관을 작동시키자 이내 투명한 물방울처럼
보이는 지심한령석균이 방울져 떨어졌다.

톡!

처음엔 그저 차가울 뿐이었다.

물방울을 맞는다고 통증이 느껴질 리가 없었다.

상황이 달라진 건 꼽추노인이 석실 밖으로 나간 순간부터였다.

갑자기 웅웅거리는 소리가 들리더니 석실 안의 공기가 급격히 무거워졌다.

석실 안에는 파황천압대진(破荒天壓大陣)이 설치되어 있는데, 꼽추노인이 밖에서 발동시킨 것이다.

톡!

차가운 벼락이 떨어지는 듯한 고통이 무열의 골을 뒤흔들었다.

좀 전과는 다르게 물방울이 떨어지자 마치 쇠망치로 두들기는 듯했다.

'크윽!'

두개골이 으깨지는 듯한 고통.

무열의 얼굴이 참혹하게 일그러졌다.

하나 이제 시작에 불과했다. 자그마치 석 달 동안 이 고통을 감내해야만 한다. 게다가 고통은 갈수록 가중될 것이 틀림없다.

무열은 이를 악물었다.

'난 소씨 남자다. 이겨낸다. 절대 지지 않는다.'

제 9장

지옥팔관

고통은 계속 가중되었다.

더 이상의 고통은 있을 수 없다. 이게 한계다. 그렇게 생각한 순간 더욱 극악한 고통에 진저리를 쳐야 했다.

그리고 시간이 갈수록 점점 생각조차 할 수가 없게 되었다.

꽈르릉!

머릿속에 천둥이 쳤다.

쾅!

머릿속에서 일대 폭발이 일어났다.

정말 그렇지는 않다.

하나 무열은 그렇게 느끼고 있었다.

뇌가 부서지고 가루가 되는 듯한 지독한 고통 속에서 지지 않겠다는 일념만은 끝까지 놓치지 않으려고 버둥거렸다.

무열은 속박되지 않았다. 두 손, 두 발 모두 자유로웠다. 몸을 일으키기만 하면 더 이상 고통을 받을 일이 없다.

무열도 알고 있다.

그럼에도 몸을 일으킬 생각조차 하지 않았다.

몸이 스스로 일어날까봐 손톱이 깨져라 돌침대의 양 모서리를 움켜잡았다.

두 눈은 떨어지는 물방울을 노려봤다.

물방울이 아니라 지심한령석균이다. 그걸 모르는 무열의 눈에는 그저 물방울로만 보였다.

무열에게 방울져 떨어지는 지심한령석균은 적이다.

생사대적이었다.

언중걸을 죽인 귀면왕이었다.

그러니 결코 지지 말아야 한다. 피하지 말아야 한다.

그래서 잡아먹을 듯이 노려봤다.

방울져 떨어진 지심한령석균이 이마를 강타하고, 그 파편이 두 눈으로 파고들었다.

무어라 설명할 수 없는 수많은 꿈틀거림이 무열의 눈을 괴롭혔다.

그것이 집중을 방해했고, 환영을 일으켰다.

고조부와 증조부 그리고 조부.

할아버지들이 차례로 나타났다. 부친과 모친이 어서 집으로 오라고 손짓했다.

언중걸이 나타나 함께 가자고 손을 내밀었다.

무열은 그 모든 것을 거부했다.

'환영이다! 환영일 뿐이다!'

무열은 초인적인 인내력을 발휘했다. 결코 눈을 감지 않았다.

소씨 핏줄의 우직함으로 결코 피하지 않았다.

그 때문에 꼽추노인조차 생각지 못한 기연을 얻고 있었다.

눈을 이루고 있는 유기 조직이 질겨지고 강해졌다.

시신경들이 갈수록 발달하고 있었다. 이대로 시간이 흐른다면 인간의 한계를 능가하는 동체 시력을 갖게 될 것이 자명했다.

한데 기연은 그게 다가 아니었다.

무열이 상상 이상의 인내심을 발휘하고 있었지만, 열흘이 지나가자 점점 무너지기 시작했다.

지지 않겠다는 일념이 점점 희미해지고, 정신 자체가 갈수록 붕괴되기 시작했다.

조금만 더 시간이 지나면 의식을 잃게 될 터였다.

한 번 의식을 잃게 되면 돌이킬 수 없게 된다.

무열의 몸 안에 변화가 일어난 건 바로 그때였다.

하단전에 웅크리고 있던 내력이 움직인 것이다.

이는 엄청난 응원군이었다.

고통 자체를 줄여주거나 없애지는 못했다. 그러나 정심한 기운을 머릿속으로 전해주어 고통에 버티고, 맞설 수 있는 힘을 북돋아주었다.

'그래, 네가 있었구나. 혼자가 아니었어. 난 절대 혼자가
아니야. 그러니까 절대 지지 않을게.'

무열은 강해지고 있었다.

골을 파고드는 고통이 가중될수록 무열의 정신력 역시 점
점 더 굳건해졌다.

◆　◆　◆

"어떻습니까?"

지옥일관 앞에 서 있는 꼽추노인을 발견한 객잔 주인이
빠르게 다가와 물었다.

지옥일관에는 파황천압대진이 설치되어 있어 함부로 들어
가지 못한다. 하여 안에서 무슨 일이 벌어지고 있는지 전혀
알 수가 없다.

다만 안에서 들리는 소리를 살펴 어떤 상황인지 짐작할
수는 있었다.

"조용하다."

"조용해요?"

"그래, 지난번에 말했다시피 처음엔 중걸이처럼 신음도
들리고 그러더니 요 며칠은 조용하구나."

"호, 혹시……?"

"그럴 일 없으니, 망발을 입에 담지 말거라."

"조용하다면서요? 신음조차 들리지 않는다는 게 말이 됩

니까?"

꼽추노인은 입을 다물었다.

객잔 주인의 염려가 무엇인지 모르지 않았다. 요 근래 며칠 동안 너무 조용하여 꼽추노인 역시 속이 바짝 타들어 가고 있었다.

"혹시 일이 터진 건 아니겠지요?"

꼽추노인은 말을 못했다.

언중걸 이전에 세 명이 지금과 같았다.

지금 무열이처럼 죽은 듯이 잠잠하더니 곧 미치광이 광인이 되어 날뛰다 스스로 벽에 머리를 처박고 죽어 버렸다.

'운명처럼 스스로 찾아온 아이다. 이렇게 쉽게 무너지는…… 응? 가만!'

꼽추노인은 상념을 끊고 석실에 귀를 기울였다.

안에서 무슨 소리가 들렸기 때문이다.

꼽추노인이 귀를 쫑긋 세우는 듯하자 객잔 주인 역시 숨소리까지 죽이며 청력에 집중했다.

그때였다. 두 사람의 귀에 나지막한 목소리가 들려왔다.

"문 열어주세요."

분명 무열의 목소리였다.

꼽추노인과 객잔 주인의 얼굴에 안도의 빛이 스쳐 갔다.

하나 그건 잠깐에 불과했다.

'포기했구나.'

'한 달만 더 버티면 되거늘…….'

객잔 주인은 꼽추노인을 바라봤다.

꼽추노인의 얼굴에는 실망의 빛이 역력했다.

"어르신……."

"자네 말을 들을 걸 그랬나 보군."

꼽추노인은 어두운 표정을 지으며 작동 중인 파황천압대진을 멈추었다.

그그그그긍!

이윽고 석실 문이 열렸다.

"……!"

무열이 보였다.

다소 머쓱한 표정을 짓고 있었다.

무열의 얼굴을 보자 꼽추노인은 더욱 실망한 표정을 짓더니 곧 등을 돌렸다.

"실혼약을 먹여서 내보내거라."

이곳에서의 기억을 지우고 내보내라는 뜻이다.

그때였다.

"끝난 거 아니에요?"

무열이 물었다.

꼽추노인은 걸음을 멈추었다가 곧 고개를 저으며 다시 걸었다.

"며칠 동안 고통이 느껴지지 않던데, 그래서 끝난 것 같아 문 열어달라고 한 건데, 아닙니까?"

무열이 고개를 갸웃하며 물었다.

순간, 꼽추노인이 바람처럼 되돌아왔다.

"고통이 느껴지지 않았다고?"

"예."

"삼 일 전부터 말이더냐?"

"아마 그 정도 되었을 겁니다."

꼽추노인은 황급히 석실 안으로 들어갔다.

날카로운 눈으로 만년지황석으로 만들어진 기관을 꼼꼼히 살펴보았다.

하나 아무리 살펴보아도 이상을 발견할 수가 없었다.

꼽추노인은 따라 들어온 무열을 향해 손을 뻗었다.

"살펴볼 것이 있어 그러니, 가만히 있어 보거라."

움찔하던 무열은 꼽추노인의 손에 자신의 머리를 내맡겼다.

꼽추노인은 한동안 무열의 머리 이곳저곳을 매만지더니, 곧 진기를 흘려보내 무열의 머릿속을 살폈다.

그러다 곧 깜짝 놀랐다.

'이, 이럴 수가!'

두 달 만에 두개골이 금강석보다 단단해지는 이른바 강골연신(鋼骨鍊身)을 이루고 있었다.

이는 언중걸이 지옥일관을 석 달 동안 거친 후에 얻었던 결과물과 동일한 것이었다.

"어떻습니까?"

객잔 주인이 물었다.

꼽추노인은 놀란 눈으로 무열을 바라보며 대꾸했다.

"지옥일관을 통과했다."

지옥이관 역시 지옥일관과 마찬가지로 준비 단계였다.

지옥일관이 정신력과 인내력을 키우는 단계라면 지옥이관은 지옥삼관부터 시작되는 금강무종(金剛武宗)이 되기 위한 과정을 버티도록 단단한 몸을 만드는 준비 단계였다.

"하늘은 아비요, 땅은 어미다. 어미가 자식을 가지면 세상 밖으로 나가기 전까지 양수 속에서 키운다. 이 지심영천(地心靈泉)은 땅이 가진 양수와 같다. 다만 인간의 양수와 다른 게 있다면 천중수(天重水)로 이루어져 있다는 것이다. 천중수가 무엇인지 아느냐?"

"처음 듣습니다."

"봐라."

꼽추노인은 무열이 보는 앞에서 한쪽에 있던 대나무를 지심영천 속으로 집어넣었다.

순간, 무열은 놀라운 광경을 목격하게 되었다.

지심영천 속에 잠긴 부분이 바삭 부서진 것이다.

"지심영천 안에는 인간의 몸이 버틸 수 없는 압력이 존재한다. 그냥 들어갔다간 이와 같은 꼴을 면치 못한다."

꼽추노인이 부서진 대나무를 꺼내 보여주었다.

무열은 굳은 얼굴로 묻지 않을 수가 없었다.

"하면 전 어찌합니까?"

"어찌하긴? 몸으로 버텨야지."

"예?"

"네겐 내가공력이 있다."

"하지만……."

"들어가거라."

"예?"

"잘못되면 척추가 부서지고, 팔다리를 쓸 수 없게 될 게다. 하나 석 달을 버텨내고 걸어서 나올 수만 있다면 웬만한 외문기공을 익힌 자보다 훨씬 더 튼튼한 몸뚱이를 얻게된다. 그리고 잊지 말아야 할 것은 눈과 귀를 막아야 한다는 것이다."

"예? 그 말씀은 잠수를 하라는 것입니까?"

"그렇다."

"하면 숨을 쉴 수가 없지 않습니까?"

"삼키면 된다."

"예?"

"삼켜라. 그리하면 알 수 있을 게다."

정말이지 충격적인 말이다.

이걸 어떻게 받아들여야 할지. 자신을 죽이고자 하는 게 아니라면 어찌 이런 걸 시킨단 말인가?

하나 암만 쳐다봐도 꼽추노인은 진지했다.

"들어가 보면 알게 될 게다. 지옥이관 역시 석 달이다. 그만 들어가거라."

어차피 내친걸음이다.

지옥일관 역시 인간이 할 짓은 아니었지 않은가.

무열은 발가벗은 몸으로 지심영천 안으로 들어갔다. 두 눈을 꼭 감고 두 손으로는 양쪽 귀를 틀어막았다. 그리고 시리도록 차가운 느낌이 드는 맑고 깨끗한 물속으로 몸을 완전히 담갔다.

'우욱!'

절로 신음이 토해졌다.

엄청난 압력이 온몸을 우그러뜨리려고 했다. 살과 근육을 짓누르고 뼈를 부수기 시작했다. 양쪽 갈비뼈와 가슴뼈가 가장 먼저 부서졌다.

'끄으으윽!'

정말 지독한 압력이었다.

전신의 뼈가 부서지는 극렬한 고통에 신경들이 발작하듯 진저리를 쳤다.

문제는 그게 다가 아니었다.

숨이 턱에 찼다.

"삼켜라. 그리하면 알게 될 게다."

무열은 꼽추노인의 말을 떠올렸다.

하나 본능적인 두려움이 그럴 수 없도록 만들었다.

선택을 해야 했다.

밖으로 나가든지 아니면 꼽추노인의 말을 따르든지.

무열은 여기서 멈출 수가 없었다.

여기서 나간다는 건 모든 걸 포기하는 것과 마찬가지이지 않겠는가.

'해낸다. 반드시!'

무열은 입을 벌렸다. 그리고 천중수를 꿀꺽꿀꺽 삼켰다.

흡사 무거운 돌덩이가 목구멍 너머로 쏟아져 들어가는 것 같았다.

이후 몸 안에서부터 무언가에 짓이겨지는 듯한 고통이 느껴졌다.

눈을 감고 있는 무열은 알 수가 없었으나 지금 그의 입과 코를 통해 핏물이 흘러나오고 있었다.

게다가 숨이 막히니, 본능적인 두려움이 엄습해 왔다. 머릿속이 점점 하얗게 비워져 갔다.

"삼켜라. 그리하면 알게 될 게다."

무열은 꼽추노인의 말을 되새기며 벌컥벌컥 마셨다.

"……!"

그런데 어느 순간이었다.

세상 밖으로 처음 나온 아이가 울음과 동시에 숨을 토하듯 폐에 남아 있던 공기가 일제히 빠져나감과 동시에 답답했던 숨이 정상으로 돌아왔다.

물속에서 숨을 쉬게 된 것이다.

'뭐, 뭐지?'

무열은 이해할 수가 없었다.

물속에서 숨을 쉰다는 건 상상조차 못해 본 일이기 때문이다.

어떻게 이럴 수 있는지 몹시 궁금했다. 하지만 생각을 이어갈 수가 없었다.

몸의 안과 밖에서 엄청난 압박이 가해지자 지옥일관에서 받았던 고통과는 또 다른 지독한 극통이 그의 전신을 마구 우그러트리고 있었다.

'크윽!'

신음을 안으로 집어삼킨 무열의 입술을 비집고 붉은 핏물이 흘러나왔다.

거인이 무열을 손에 쥐고 으스러져라 움켜쥐는 듯 지독한 압력에 몸이 점점 오그라들었다.

뼈마디가 어긋나고 있었다.

'강해질 테다. 강해져서 반드시 죽이고 말겠다.'

무열은 지옥일관에서 그랬던 것처럼 언중걸의 죽음과 귀면왕을 떠올렸다.

복수심만큼 사람을 독하게 만드는 것도 없는 법.

무열은 갈수록 독해지고 있었다.

◆　　◆　　◆

"어찌하여 벌써 나온 게냐? 설마 포기한 것이냐?"

"아닙니다. 너무 편해서 자꾸 졸음이 몰려올 정도였습니다. 그래서……."

지옥이관 역시 두 달 만에 통과했다.

처음엔 갈비뼈와 가슴뼈가 부서졌고, 몸 안에서는 폐와 위를 비롯한 장기들이 천중수의 압력을 버티지 못해 찢어지기 시작했다.

전신이 오그라들어 더 이상 버티기 힘들 때쯤 다행하게도 몸속의 내가진기가 움직여주어 천중수의 압력으로부터 최악의 결과를 모면하도록 몸을 보호해 주었다.

처음 한 달 동안은 계속 내가진기의 보호를 받아야 했다. 그러나 시간이 흐를수록 몸 스스로가 버텨내기 시작하여 나중에는 내가진기의 도움 없이도 버틸 수 있게 되었다.

그리고 두 달이 지나자 압력조차 대수롭지 않게 여겨질 정도가 되어 더 이상 머무를 필요를 느끼지 못했다.

꼽추노인은 우선 무열의 몸을 살펴보았다.

역시나 무열의 몸, 안과 밖이 강골연신을 이룬 상태였다.

근육과 신경을 이루는 조직들이 수십 배 질겨지고, 단단해졌다.

인간의 한계를 능가하는 근력과 감각을 얻게 된 것이다.

천중수에서 두 달을 버틴 대가로 얻은 결실이었다.

퍼억!

돌연 꼽추노인이 일장을 먹였다.

무열은 '으악!' 하는 비명을 지르며 석벽으로 날아가 처박혔다.

"어찌 이러십니까?"

벌떡 일어난 무열이 눈을 휘둥그레 뜨며 물었다.

꼽추노인은 그런 무열의 위아래를 한 차례 훑어보더니 휙 돌아섰다.

"따라오너라. 지옥삼관으로 갈 것이다."

그제야 무열은 꼽추노인이 시험했다는 것을 알았다. 하나 썩 기분이 좋지는 않았다.

지옥팔관 따위에 절대 지지 않겠다는 독심이 자신의 몸을 건드리는 일에도 반발심을 일으키도록 한 것이다.

무열은 그렇게 변해가고 있었다.

한편 꼽추노인은 이맛살을 찌푸리며 고개를 갸웃했다.

'오성 공력이었다. 상태를 보니 어쩌면 육성 공력까지 버틸지도 모르겠다. 중걸이 놈은 사성 공력조차 버티지 못했거늘……'

좀 전에 무열이한테 날린 일장은 쇄골장이었다.

오성 공력의 쇄골장은 거목조차 부숴 버린다. 한데 무열은 정통으로 맞고도 멀쩡했다.

원래는 쇄골장으로 부상을 입으면 그 핑계로 며칠간 조섭을 취할 겸 쉬라고 할 예정이었다.

한데 꼽추노인의 예상을 뛰어넘어 너무도 멀쩡했다.

꼽추노인은 곧바로 지옥삼관을 강행했다.

◆　◆　◆

"괜찮을까요?"

"이젠 나도 모르겠다."

꼽추노인의 대답에 객잔 주인은 눈을 크게 떴다.

지옥팔관은 꼽추노인의 선대가 만들었으나 완성을 시킨
건 꼽추노인이었다.

다시 말해 지옥팔관에 대해 완벽히 이해하고 있는 꼽추노
인이었다.

그런 꼽추노인이 결과를 예측할 수가 없다고 하니 어찌
놀라지 않겠는가.

"그 아이는 지금 지옥육관에 있다. 최소 이십 년이 걸려
야 가능한 일을 육 년 만에 해내고 있는 것이지. 이건 빨라
도 너무 빠르다. 하니 지옥팔관까지 통과할 수 있을지, 통
과하더라도 어떤 상태가 될지 짐작조차 할 수가 없게 되어
버렸다."

꼽추노인은 무거운 표정을 지으며 말했다.

무열이 지옥삼관을 통과한 건 오 개월 만이었다.

언중걸이 일 년이 걸려 통과했다는 것을 생각하면 정말
지독하다 싶을 정도로 빨랐다.

지옥삼관을 통과하기 위해서는 두 단계를 통과해야 한다.

첫째는 허공에 매달려 바람을 가르고 날아드는 무게가 오

천 근이나 나가는 커다란 암석을 온몸으로 받아내야 한다. 그리고 두 번째는 빗발치듯 쏘아져 오는 서른세 개의 강전 역시 맨몸으로 받아내야 한다.

이때 몸에 생채기 하나 나지 않아야만 통과다.

비록 지옥일관과 이관을 통과하여 웬만한 외문기공 못지 않은 강골연신을 이루었다고는 하지만, 오천 근이나 되는 커다란 암석이 바람을 가르고 날아드는 충격은 가히 만근거 력 그 이상이다.

또한 서른세 개의 강전들 역시 마찬가지다.

특별히 제작된 대형 기관으로 발사하는 것이라 일반적인 강전보다는 관통력이 수 배 더 강력했다.

요령은 내가진기에 있다.

일순간에 체외로 발산하여 타격을 줄이는 것이다.

무열은 수백 번 나가떨어진 후에야 체득할 수 있었다. 그리고 다섯 달이 지나자 피 한 방울 흘리지 않게 되었다.

무열은 지옥삼관을 통과하면서 내가진기를 움직이는 요령을 자연스럽게 체득하였다.

"지옥사관 역시 놀라웠지만, 세상에는 천재라 칭해지는 이들이 존재하니 그럴 수도 있겠다 싶었지."

지옥사관에는 추혼나백암기대진(追魂拿魄暗器大陣)이라 칭해지는 기관이 설치되어 있다.

도합 칠십이 종의 암기들이 사방팔방에서 무더기로 날아 드는데, 그걸 쳐내고 피해야 한다.

무공이라고는 가문 대대로 전해 내려온 일도밖에 모르는 무열로서는 결코 통과할 수 없는 관문이었다.

다행히 지옥사관에 들기 전에 꼽추노인이 두 가지 무공을 알려주었다.

폭렬염왕격(爆裂閻王擊)이라는 부법과 귀영팔보(鬼影八步)라는 보법이었다.

그때 무열은 언중걸이 쌍도끼를 휘두르던 광경을 떠올리며 눈시울을 붉혔다.

그제야 언중걸이 걸었던 길을 자신이 따라가고 있음을 실감한 것이다.

무열은 언중걸을 떠올리며 폭렬염왕격과 귀영팔보를 악착같이 수련했다.

그 결과 이십팔 개월 만에 지옥사관을 통과할 수 있었다.

이 년하고 넉 달 만이었다.

폭렬염왕격과 귀영팔보를 익히는데 일 년하고 반 정도 걸렸다. 다시 말해 십 개월 만에 추혼나백암기대진을 통과해 버린 것이다.

언중걸이 사 년 가까이 걸린 걸 생각하면 정말 놀라운 일이었다.

"만독멸사진(萬毒滅死陣)에서 반 시진을 버텨야 하는 지옥오관은 더 놀라웠지. 믿을 수 없게도 삼 개월 만에 통과해 버렸으니까. 뭐, 억지로 이해하자면 무열이가 익힌 도가의 심법이 생각보다 뛰어난 모양이야. 그리 여기면 충분히

납득이 간단 말이지. 하지만 지옥육관은 아니야. 천재라 해
도 그럴 수 없어. 제아무리 뛰어난 내공심법을 익혀도 절대
그럴 수 없어."

꼽추노인은 당최 모르겠다는 듯 고개를 저었다.

지옥육관은 천멸귀혼천검진(天滅鬼魂千劍陣)이라는 천고
의 검진을 통과해야 한다.

자신하건데 폭렬염왕격과 귀영팔보 만으로는 절대 통과할
수 없다.

하여 원래는 번신팔극행(飜身八極行)이라는 신법과 천지
광무(天地狂舞)라는 검법을 익히게 되어 있었다.

하나 무열이 무공을 익히고 지옥관을 돌파하는 속도가 너
무 빠르다고 생각한 꼽추노인은 기대와 우려로 고심한 끝에
흑마영(黑魔影)이라는 신법과 팔황쌍류도(八荒雙流刀)라는
도법을 알려주었다.

지옥칠관을 위해 준비된 무공들이었다.

익히기 까다로운 상위의 무공을 알려주어 무열의 진전을
더디게 한 후 잠깐의 여유를 두고 번신팔극행과 천지광무를
알려줄 생각이었다.

이는 무열의 지독한 집념을 우려해서였다.

무열은 먹고 싸는 시간을 제하고 오로지 무공과 지옥관
돌파에만 몰두했다. 잠조차 자지 않고 미친 듯이 매달리고
있었다.

과유불급이라는 말이 괜히 있는 게 아니다.

과하면 탈이 나기 마련이다.

그런데 이런 꼽추노인의 우려를 비웃듯이 무열이 흑마영과 팔황쌍류도를 완벽에 가깝게 익혀 버렸다.

그것도 삼 년이 채 안 걸렸다.

꼽추노인은 자신이 파악한 것보다 무열의 자질이 훨씬 더 뛰어나다는 것을 깨달았다. 거기에 무열의 집념이 자신의 상상을 초월한 모양이라며 혀를 내둘렀다.

하나 여기에 한 가지를 더 추가해야 한다는 것을 꼽추노인은 알지 못했다.

지옥일관과 지옥이관 그리고 지옥삼관을 통과하면서 무열의 하단전에 자리한 내가진기가 변했다는 것이다.

원래 청명한 도가의 성질을 가진 기운이었으나 무열의 몸을 부수려드는 외부의 충격에 반발하고, 몸 안까지 침입한 천중수의 압력과 만독멸사진의 독성에 맞서 끊임없이 사투를 벌이는 와중에 일부는 동화(同化)되고, 일부는 더욱 이화(異化)되어 패도적인 기질을 가지게 되었다.

이 과정에서 기경팔맥과 사지백해가 완전히 뚫려 외기를 피부로 받아들일 수 있는 팔괘신통(八卦身通), 이기응신(異氣應神) 그리고 일기관통(一氣貫通)의 경지를 단숨에 돌파해 버렸다.

그리고 폭렬염왕격과 귀영팔보를 익히면서 무공에 대해 눈을 뜬 무열은 꼽추노인이 처음 보았을 때와는 비교도 할 수 없을 만큼 달라져 있었다.

십여 년 동안 신선의 호흡과 단순하게 내리긋는 일도만을 우직하게 수련해 온 무열은 그야말로 깨끗하기 짝이 없는 백지와도 같았다.

모든 것이 완벽히 준비된 백지. 그게 무열이 처음 이곳에 왔을 때의 상태였다.

폭렬염왕격과 귀영팔보를 익히면서 무공에 눈을 뜬 무열은 마치 솜이 물을 흡수하듯이 흑마영과 팔황쌍류도를 빠른 속도로 익힐 수가 있었다.

"하면 이제 곧 지옥육관도 통과하겠군요?"

객잔 주인이 물었다.

하나 꼽추노인이 고개를 저었다.

"절대 아니지. 흑마영과 팔황쌍류도를 익혔다고 하여 천멸귀혼천검진을 쉽게 깰 수 있는 건 아니야. 적어도 일 년은 아니 빨라도 여섯 달은 걸릴……!"

돌연 말을 중단한 꼽추노인의 얼굴에 경악의 빛이 떠올랐다.

지하 석동이 무너질 듯 요동쳤기 때문이다.

"설, 설마?"

꼽추노인은 객잔 주인을 쳐다보더니 곧 자리에서 벌떡 일어나 지옥육관으로 향하는 계단으로 달려갔다.

놀란 심경을 대변하는 듯 빠르기가 바람과 같았다.

지옥일관부터 지옥사관까지는 같은 층에 지어져 있었지만, 지옥오관부터 지옥팔관까지는 아래로 층층이 지어져 있었다.

그래서 두 개 층을 내려가서야 지옥육관 앞에 도착할 수 있었다.

그그그긍!

꼽추노인과 객잔 주인이 지옥육관 앞에 도착한 순간, 석문이 열리며 한 사내가 걸어 나왔다.

훤칠한 키에 비쩍 마른 몰골의 남자였다.

치렁치렁한 흑발에 가려 얼굴이 명확히 보이지는 않았으나 전체적으로 음울한 기운을 풍기고 있었다.

발가벗은 상반신은 마른 몸임에도 단단해 보이는 근육이 세밀하게 발달하여 무척 인상적이었는데, 상체 가득한 무수한 검흔들이 붉은 핏물을 내비치고 있어 지옥아수라장을 뚫고 올라온 수라를 연상시켰다.

"지옥육관, 통과했습니다."

낮게 깔린 목소리가 지하를 울렸다.

꼽추노인은 놀란 눈으로 석문 안쪽의 지옥육관을 들여다 봤다.

부서지고 잘려진 검들이 지천에 깔려 있었고, 묵철석으로 지어진 석벽이 온통 갈라지고 쪼개져 있었다.

천멸귀혼천검진이 설치된 지하육관이 완전히 초토화된 것이다.

꼽추노인은 시선을 돌렸다.

작은 몸집에 앳되어 보이던 무열은 어딜 가고, 훤칠한 키에 비쩍 마른 몸으로 음산한 기운마저 엿보이는 남자가 서 있었다.

꼽추노인은 무슨 말을 할까 망설이다 이내 한숨을 쉬며 돌아섰다.

"따라오너라."

무열은 꼽추노인의 뒤를 묵묵히 따라갔다.

◆　　◆　　◆

"너는 지옥팔관을 통과하고 싶은 게냐, 아니면 절대고수가 되고 싶은 것이냐?"

꼽추노인이 물었다.

무열과 마주 앉은 후 반 시진이 지난 후에야 무척 무거운 표정으로 꺼낸 물음이었다.

하나 꼽추노인과는 달리 무열은 생각할 것도 없다는 듯이 곧바로 대답하였다.

"귀면왕을 죽이는 것입니다."

"귀면왕?"

"그게 다냐? 그게 다라면……."

"누구에게도 지고 싶지 않습니다. 천하가 달려들어도 지키겠습니다."

언이지와 철마보를 말함이다.

언중걸과 한 약속, 그것이 무열이 무공을 익히고, 살아갈 이유가 되고 말았다. 물론 그 전에 귀면왕을 죽여야 한다.

꼽추노인은 다시 생각에 잠겼다.

이번엔 그리 오래가지 않았다. 반각 만에 다시 입을 열었다.

"천하를 상대하겠다면 금강무종이 되어야 한다. 그리고 금강무종이 되겠다면 여기서 멈추고 세상 밖으로 나가거라."

무열의 행보는 비정상적이다.

지옥팔관을 세우며 세밀하게 분석한 과정과 어긋나 있다.

이대로 계속한다면 지옥팔관을 통과할지도 모른다. 하나 지옥팔관을 세운 목적인 금강무종이 탄생하지 못할 공산이 크다.

그게 꼽추노인이 내린 결론이었다.

하나 무열은 받아들일 수가 없는 모양이다.

"금강무종이 되기 전에 귀면왕을 죽여야 합니다."

단호하다.

자신이 숨을 쉬는 목적인 것처럼 필사적인 면모가 보인다.

"멍청한 놈아! 그깟 복수가 무어라고 그리 집착하는 것이냐? 귀면왕? 지옥육관을 통과한 이상 귀면왕이 아니라 오절육기(五絕六奇)라 할지라도 목을 딸 수 있을 것이니, 썩 꺼져라! 꼴도 보기 싫다."

꼽추노인이 버럭 소리를 질렀다.

무열은 멍청한 표정을 지었다.

생각지도 못했기 때문이다.

자신의 무위가 벌써 그만큼 강해졌다는 걸 전혀 인지하지 못하고 있었다. 무공을 익히고 지옥관을 돌파하는 데만 집중했기 때문이다.

무열은 한참 후에야 신색을 회복했다.

"금강무종이 되겠다면 여기서 멈추고 세상 밖으로 나가라고 하셨는데, 그 연유가 무엇입니까?"

"가서 귀면왕이나 잡았으면 되었지, 그딴 건 알아서 뭘하게?"

꼽추노인이 큰소리로 말했다. 아직 화가 가라앉지 않은 모습이다.

무열은 정중히 고개를 숙였다.

"죄송합니다. 제가 많이 부족하여 어르신의 깊은 뜻을 알지 못합니다. 가르쳐 주십시오. 새겨듣겠습니다."

무열이 이렇게 나오자 꼽추노인은 계속 화만 낼 수가 없었다.

하여 잠시 인상을 쓰다 한숨과 함께 자신의 생각을 꺼내 놓았다.

"하아, 네놈의 발전 속도는 내가 우려를 할 정도로 비정상적이다. 내 추측에 불과하지만, 너의 상태는 무척 불안정할 게다. 하니 이대로 지옥칠관과 지옥팔관에 들었다가는 어떤 결과를 맞을지 예측할 수가 없다. 지옥팔관을 통과하더라도 금강무종이 될 수 없을 것 같단 말이다. 그러니 세상 밖으로 나가라고 한 게다. 세상과 부딪쳐 보고 너에게 문제가 있는지 네놈 스스로 점검해 보라는 거다. 일 년이 걸리든 십

년이 걸리든 네 스스로 되었다고 여겨지면 그때 돌아오너라. 지옥칠관과 지옥팔관은 그때 열도록 하자꾸나."

무공을 익히다 보면 누구나 벽을 만나게 된다.

한 단계 더 성장하기 위한 무공의 답보 상태가 되는 것이다.

언중걸이 지옥오관에 들지 못한 것도 그래서였다. 지옥사관을 간신히 통과한 후 언중걸 스스로가 부족함을 느끼고 지옥오관에 드는 것을 보류했다.

하나 무열은 달랐다.

지금까지 단 한 번도 멈칫거리지 않았다.

무공의 답보는커녕 한 단계 더 성장하기 위한 벽조차 만나지 않은 것 같았다.

남들과 다른 것이다. 일반적인 무론과 궤를 달리하고 있으니 어찌 우려가 되지 않겠는가.

"무슨 말씀인지 알겠습니다."

무열이 고개를 끄덕였다. 꼽추노인의 설명을 듣고 보니 그럴 수도 있겠다 싶었다.

또 무공에 관해서는 자신보다 꼽추노인이 잘 알고 있으니 따르지 않을 이유가 없다.

하니 이제 세상 밖으로 나갈 때가 되었다.

"존함이 어찌 되십니까? 지옥팔관을 통과하고 나면 제가 해야 할 일이 무엇입니까?"

무열은 그동안 의문이었던 바를 물었다.

세상에 공짜는 없다. 지옥팔관을 만든 연유와 그것을 통과한 자에게 바라는 것이 있을 터였다.

"알고 싶으냐?"

"예."

"다시 돌아와서 지옥팔관을 통과하거라. 그리하면 알려주겠다."

무열은 꼽추노인을 가만히 바라봤다.

처음 만난 날부터 지금까지 육 년여 세월이 흘렀지만, 단한 번도 따뜻한 말 한마디 나눠보지 못한 사이다.

하나 마음속으로는 늘 감사하게 여기고 있었다.

자신에게 이런 기회를 줘서 정말 고마웠다.

자신이 지옥팔관을 통과하면 무엇을 바랄지 모르지만, 반드시 들어주겠다고 다짐하고 있었다.

"또 뭐?"

무열이 계속 바라보기만 하자 꼽추노인이 물었다.

무열은 정중히 포권하며 무뚝뚝한 목소리로 한마디를 건넸다.

"감사합니다."

"뭐?"

"다시 뵐 때까지 강녕하십시오."

"……!"

무열은 객잔 주인에게도 인사를 한 후 꼽추노인을 다시 바라보다 천천히 돌아섰다.

뚜벅뚜벅 걸어가는 무열의 뒷모습.

꼽추노인의 눈에는 무척 쓸쓸해 보였다.

'인사는 무슨……'

꼽추노인은 가슴을 파고드는 온기에 인상을 썼다.

잊고 살았던 감정이라 어색했다.

"망할 놈!"

괜히 욕설을 내뱉은 꼽추노인은 어디론가 바람처럼 사라지더니 금세 돌아왔다.

"갖다 주어라."

꼽추노인이 객잔 주인에게 내민 것은 칠흑 같은 흑의무복 한 벌과 한 쌍의 철부 그리고 한 쌍의 기형도였다.

"어르신, 이건……?"

한 쌍의 철부와 기형도.

객잔 주인은 기형도를 보고 특히 놀란 표정을 지었다.

묵룡의 몸뚱이가 칼의 손잡이를 이루고 있었고, 두 자 길이의 묵빛 칼날은 쩍 벌린 묵룡의 아가리에서 흡사 여의주가 튀어 나가는 듯한 모습을 하고 있었다.

그게 두 자루였다.

쌍룡승천도(雙龍昇天刀)!

수백 년 전, 강호를 진동시켰던 천병가(天兵家)의 십대천병 중 당당히 다섯 번째에 이름을 올리고 있는 신병이었다.

"창고에 처박아 두느니 누군가가 사용하는 게 낫겠지."

"그럼요. 처박아 두면 쇳덩이밖에 더 되겠습니까. 염려 마십시오. 그놈이 잘 사용할 겁니다."

객잔 주인은 미소를 지으며 무열의 뒤를 쫓아갔다.

"쓸데없이 웃고 지랄이야……."

꼽추노인은 괜히 투덜거리면서도 자리를 떠나지 못했다.

◆　　◆　　◆

흑의무복을 걸친 후 두 자루인 쌍룡승천도는 등 뒤에 고정시켰고, 한 쌍의 철부는 양쪽 허리에 찼다.

치렁치렁한 머리는 뒤로 넘겨 대충 묶었다.

새하얀 얼굴에 마치 유리알을 박아놓은 듯 투명하게 번들거리는 눈이 인상적이다. 거기에 깡마른 모습이라 무척 날카롭게 보인다.

잘 벼려진 한 자루의 칼!

딱 그러한 모습이다.

무열은 거울에 비친 자신의 모습을 바라봤다.

영락없는 무인이다.

그러나 어릴 적 자신이 그리던 모습은 아니다.

눈부신 백의무복에 절로 위압감이 드는 절세보도를 한 손에 쥐고 신장처럼 우뚝 선 모습이야말로 막연히 동경하던 무인의 모습이었다.

하나 지금의 모습도 싫지 않았다.

앞으로 자신이 걸어야 할 길과 너무나 잘 어울렸기 때문이다.

"난 소무열이다. 지금부터 피의 길을 마다하지 않을 것이다."

무열은 찬바람을 일으키며 돌아섰다.

이층 객방에서 나와 일층으로 내려가니 객잔 입구에 어딘가 낯익은 이가 보인다.

무열은 오래지 않아 정체를 알아냈다.

점소이 엽동이다.

육 년 전에는 엽동이 머리통 하나는 더 컸었는데, 지금은 그 반대가 되었다.

엽동이 무열을 알아본다면 격세지감을 느낄 만했다.

하나 엽동은 무열을 알아보지 못할 공산이 컸다.

그때와 비교하여 무열의 모습은 너무 많이 달라져 있었고, 그날 이후로 한 번도 얼굴을 보지 못했으니까.

무열은 천천히 다가갔다.

"이 새끼가, 들어오라면 들어올 것이지 무슨 말이 그렇게 많아? 죽고 싶냐, 앙?"

엽동을 윽박지르고 있는 이는 독질 두곽이었다.

엽동은 눈조차 마주치지 못하고 굽실거렸다.

"전 싸움 같은 건 할 줄 모릅니다요."

"누가 너더러 싸우래? 넌 그냥 백사파 조무래기들이 여기와서 설치면 내 이름 팔고 어깨에 힘만 주면 돼. 쉽잖아? 간단하잖아? 엉, 안 그래?"

"하, 하지만……."

"하지만 뭐?"

"제가 무슨 돈이 있어 은자 다섯 냥을……."

두곽은 엽동에게 자신의 휘하로 들어오는 대가로 은자 다섯 냥을 강요하고 있었다.

엽동은 두곽의 휘하로 들어갈 생각도 없었지만, 점소이 일을 하면서 모은 돈을 이렇게 날리고 싶지 않았다.

'개새끼, 그게 어떻게 모은 돈인데? 내가 장팔이하고 같을 줄 아냐? 절대 안 뺏긴다. 죽으면 죽었지. 절대 안 줄 거니까, 차라리 죽여라 죽여!'

마음속으로만 그리 외치는 엽동이었다.

죽이지는 않겠지만, 팔 하나 정도는 불구로 만들어 버릴 두곽이라는 걸 몸서리쳐지도록 잘 알기에 차마 입 밖으로 꺼내지 못했다.

"이 새끼 봐라. 점소이 생활 십 년을 했으면서 그깟 은자 다섯 냥이 없다고 오리발을 내밀고 자빠졌네."

웃으면서 말하고 있지만, 두곽의 눈빛이 사나워지고 있었다.

"그거 아냐? 내 밑에 있는 개코가 추월루에 있는 소취를 노리고 있다는 걸."

"예에?"

엽동의 눈이 커졌다.

소취하고는 장래를 약속한 사이였기 때문이다.

"오늘밤은 너 대신 개코가 소취를 만나게 될 거다. 그 새

끼 양물이 아주 말좆 만해서 한 번 깔린 여자들이 아주 좋아
죽는다지 아마?"

"아, 안 됩니다요."

"안 되긴 개좆이······!"

소맷자락을 붙들고 늘어지는 엽동을 냉랭히 떨쳐 내던 두
곽이 흠칫 굳었다.

새하얀 얼굴에 냉혹한 눈빛을 하고 있는 칼날 같은 사내
가 우뚝 서 있었기 때문이다.

한눈에 보기에도 무인이다.

자신 같은 흑도 무리가 아니라는 뜻이다.

양쪽 허리에는 두 자루의 도끼가 걸려 있고, 양쪽 어깨
뒤로는 범상치 않게 보이는 용의 형상을 한 도병이 보인다.

잘못 건드리면 죽는다.

두곽은 엽동을 끌고 얼른 한쪽으로 비켜섰다.

그런데 칼날 같은 사내가 지나가지 않고 자신을 똑바로
바라보는 것이 아닌가?

'지랄!'

두곽은 속으로 욕을 하며 한 걸음 더 뒤로 물러났다.

"귀룡채(鬼龍寨)가 어디에 있는지 아나?"

착 가라앉은 목소리다.

무열이 묻자 두곽은 흠칫 했고, 점소이 생활을 오랜 한
이답게 엽동의 입에서 대답이 곧바로 튀어나왔다.

"오태산(五台山) 금수봉 바로 아래에 있습니다요."

"가는 길을 설명해 줄 수 있나?"

"그러믄입쇼. 오태산은 이곳 삭주에서 동쪽으로 가시면 나오는데……."

엽동이 자세히 설명해 주었다.

무열은 엽동의 설명을 한 자도 놓치지 않고 귀담아 들었다.

"고맙군."

"본 객잔의 손님이시니 당연히 도와드려야죠. 그럼 안녕히 가십시오."

엽동이 넙죽 인사했다.

무열은 고개를 끄덕였다.

"도움을 받았으니, 답례를 해야겠지. 며칠 뒤에 다시 올 것이니, 혹여 억울한 일을 당하거든 그때 나에게 말해주었으면 좋겠군."

"예? 아, 예!"

엽동은 히죽 웃었고, 두곽은 흠칫 떨었다.

무열이 살기에 가까운 강렬한 기운으로 압박하였으니, 한동안 엽동을 건드리지 못할 터였다.

무열은 잠깐의 여운을 둔 후 객잔 밖을 향해 걸음을 옮겼다.

육 년 만에 세상 밖으로 걸음을 내디디는 것이다.

'귀면왕! 내가 간다.'

제 10장

복수

"보주님, 백 공자께서 오셨습니다."

백천기가 왔다는 말에 마사에서 말똥을 치우던 여인이 허리를 폈다.

구릿빛 피부에 큼지막한 두 눈이 무척 시원한 인상을 주는 여인이었다.

얼굴을 펴고 있다면 무척 생기발랄한 느낌을 주련만, 잔뜩 인상을 쓰고 있어 그늘져 보였다.

육 년 전, 철마보의 보주가 된 언이지였다.

"가서 없다고 하세요."

"하하하! 언 소저께서 그럴 줄 알고 이리 무례를 범하게 되었소."

시원한 목소리와 함께 비단장삼의 청년이 거만한 몸짓을

하며 다가왔다. 뒤로는 호위들인지 십여 명의 무인들을 주렁주렁 달고 있었다.

언이지는 말똥을 치우던 장비를 내려놓는 척하며 말똥을 손에 잔뜩 묻힌 다음 옷에 발랐다.

마사의 칸막이가 가리고 있어 가슴 아래쪽은 백천기가 볼 수 없었다.

"무슨 일이죠?"

언이지가 마사에서 나왔다.

옷 여기저기에 말똥이 묻어 있는 데다 냄새마저 풍기자 백천기의 얼굴이 대번에 일그러졌다.

"하, 하하! 우리 사이에 무슨 일이 있어야만…… 언 소저, 우리 씻은 다음에 이야기를 나누는 게 어떻겠소? 내가 비위가 약해서 말이오."

"바쁘니까 용건만 말씀하세요."

언이지가 콧등을 문지르며 말했다.

당연하게도 말똥이 묻었다.

백천기의 얼굴이 더욱 일그러졌다.

하나 백천기는 억지로 웃으며 말했다.

"본장의 장주님께서 말씀하시길, 철마보의 기한이 다 되어가니 상황이 어떤지 살펴보라고 하셨소."

쉽게 말해 빌려준 돈을 회수할 날짜가 다 되어 가니 갚을 수 있는지 살피러 왔다는 뜻이다.

언이지의 얼굴이 굳었다.

"이런, 그리 인상을 쓰실 필요 없소. 말이 그렇다는 거지. 우리 사이에 좀 더 늦으면 어떻소. 석년에 중걸 형님께서 돌아가시고, 또 석 대협께서는 큰 거래를 나가셨다가 말들을 몽땅 잃고 반신불수가 되는 바람에 언 소저의 처지가 딱하게 된 것을 내가 잘 알고 있지 않소? 하니 언 소저께서는 아무 염려 마시오. 내가 알아서 잘 돌봐드리리다. 자, 자! 그런 지저분한 일은 하인들에게 맡기고, 우리 저자에나 가봅시다. 마침 서역에서 귀한 물건들이 당도하였다고 하니……."

"돌아가세요."

백천기의 장황설을 언이지가 차갑게 끊었다.

언이지는 가슴 아픈 사연들로 심장을 콕콕 찔러가며 압박하는 백천기가 꼴도 보기 싫었다.

그의 말마따나 하나뿐인 오라버니는 선친의 전철을 밟아 처참하게 객사하고 말았다.

그 일이 있은 후 일 년쯤 지나 변방에서 무인들을 모아온 석군평은 우문가에 중상마 오십 필을 납품하러 갔다가 괴한들의 습격을 받고 반신불수가 되어 돌아왔다. 그 일이 치명타가 되어 철마보는 주저앉고 말았다.

"언 소저, 그러지 말고……."

"말들을 몽땅 팔아서라도 백가장에서 빌린 돈은 반드시 갚을 거라고 전하세요. 그리고 이곳에 다시는 발을 들이지 마세요."

언이지가 잔뜩 날선 음성으로 외쳤다.

백천기의 얼굴이 확 일그러졌다.

"말들을 팔겠다고? 어디에다 팔 거요? 누가 팔러 간단 말이오? 중걸이 형님이나 석 대협도 하지 못한 일을 누가 한단 말이오?"

"누가 당신의 형님이에요? 당장 나가세요!"

언이지가 격하게 반응했다.

불쾌함을 넘어 적대심을 내비치고 있었다.

"현실을 인정하지 못하는군."

백천기의 얼굴이 차갑게 굳었다.

진면목을 드러낸 듯 목소리조차 싸늘했다.

"언 소저와 철마보가 처한 현실을 분명하게 알려줄 테니 잘 들어······!"

입가에 진한 조소를 베어 문 백천기가 한 걸음 다가설 때였다.

"어, 어어, 어어! 비, 비키십시오!"

누군가의 당황성이 들려왔다.

백천기 등이 고개를 돌려보니 저쪽 마사에서 커다란 흑마가 벼락같이 돌진해 왔다.

백천기의 눈이 화등잔만 하게 커졌다.

무공을 모르는 그가 피하기에는 흑마의 속도가 너무 빨랐다.

"피, 피하십시오!"

"백 공자님!"

멀리 떨어져 있던 백천기의 호위무사들도 손을 쓸 수가 없었다. 워낙 창졸간에 벌어진 일이었기 때문이다. 그나마 칠 척 장신에 새까만 피부를 가진 거한이 다급하게 손도끼를 뽑아 던졌다.

하나 흑마를 격중하기 전에 어디선가 날아온 비도에 맞아 방향이 틀어져 버렸다.

두두두두!

지축을 뒤흔드는 굉음이 코앞까지 닥쳐 오자 백천기는 혼비백산하여 엉덩방아를 찧으며 주저앉고 말았다.

키히히히히히힝!

흑마는 백천기를 훌쩍 뛰어넘어 바람같이 사라졌다.

"공자님!"

호위무사들이 백천기를 향해 몰려왔다.

손도끼를 던졌던 거한은 천천히 걸음하며 한쪽을 응시했다.

두 사람이 보였다.

너무 평범하여 특이점을 찾아볼 수 없는 황의노인과 서릿발처럼 차가운 안광을 마구 쏟아내고 있는 흑의청년이었다.

거한은 자신의 손도끼를 쳐낸 이는 노인일 것이라고 짐작했다. 기세는 흑의청년이 사나왔으나 자신에 미치지 못했기 때문이다.

"누구냐? 어떤 놈이냐? 당장 이리 튀어나오지 못할까?"

호위무사 중의 하나가 칼을 뽑아 들고 고함을 지르며 설쳤다.

조구란 자로 평소 백천기에게 온갖 아부를 떨던 자였다.

"아이쿠! 아가씨, 놀라지 않으셨습니까? 노구가 힘이 없어 그만 그놈을 놓쳐 버렸습니다요."

황의노인이 언이지에게로 달려와 허리를 굽실거렸다.

"전 괜찮아요. 아이들도 놀라지 않을 일이라 누구도 호들갑 떨지 않을 것이니 가서 일 보세요."

"하지만 손님께서……"

"피하려다 미끄러진 모양이에요."

언이지의 눈은 백천기를 향하고 있었다.

호위들에 의해 몸을 일으킨 백천기는 옷에 오물이 잔뜩 묻어 있자 얼굴을 구겼다.

땅을 짚었던 손에서는 말똥 냄새도 나는 것 같았다.

그러나 언이지가 한 말이 있어 치미는 부아를 억지로 눌렀다.

"늙은이였어?"

조구란 자가 칼을 내밀어 황의노인을 가리키며 소리쳤다.

그때 손도끼를 던졌던 거한이 앞으로 나섰다.

"고궁! 자네까지 나설 필요 없네. 저 늙은이는……"

조구는 고궁이라는 거한이 냉혹하리만치 차가운 눈길을

주자 슬그머니 물러났다.

고궁은 다시 황의노인에게로 시선을 돌렸다.

석군평이 데려왔던 무인들 중 태반이 죽거나 돌아갔지만, 두 사람이 철마보에 남았다고 했다. 바로 황의노인과 흑의청년이었다.

고궁은 씩 웃었다.

상대할 만한 자가 있으니 즐거운 것이다.

고궁은 허리춤에 걸려 있는 거대한 철부의 손잡이를 움켜잡았다.

싸우자는 뜻이다.

하나 황의노인은 인상만 썼고, 그 대신 흑의청년이 검자루를 잡았다.

황의노인이 손을 뻗어 흑의청년을 만류했다.

바로 그때였다.

"아가씨!"

"보주님!"

철마보의 식구들이 몰려왔다.

장웅과 육평 그리고 종쾌를 비롯한 일꾼들이었다.

일곱 명이 몰려와 언이지의 앞을 막아서자 팽팽하게 대치하는 형국이 되었다.

"언 소저!"

백천기가 언이지를 불렀다.

장웅과 육평이 한 걸음씩 옆으로 물러나 언이지의 앞을

열어주었다.

백천기는 잔뜩 일그러진 얼굴로 말했다.

"본장은 도적이 아니오. 그저 돈을 빌려줬을 뿐이오. 하니 오늘은 이만 물러가도록 하겠소. 하지만 다음에 올 때는 다를 것이오. 그때도 이리 나온다면 피를 보게 될 것이니, 부디 현실을 냉정하게 직시하기를 바라겠소."

백천기는 이십삼 년 그의 삶에서 가장 강한 인내심을 발휘하고 있었다.

언이지가 말없이 바라보고만 있자 충분히 알아들었을 거라 여긴 백천기는 찬바람을 일으키며 돌아섰다.

"그만 가자!"

백천기가 물러가자 호위들이 뒤를 따랐다.

고궁은 마지막까지 황의노인을 쏘아보다 천천히 등을 돌렸다.

"크악! 더러워! 더러워 미치겠다!"

멀리서 백천기의 신경질적인 목소리가 크게 들려왔다.

"왜 그러셨습니까?"

잠시 후, 흑의청년이 황의노인에게 따지듯 물었다.

"뭐가 말인가?"

"왜 말렸느냐는 말입니다."

"자네가 질 게 뻔하니까 말렸네."

"길고 짧은 건 대봐야 아는 법입니다. 다시는 그러지 마십시오."

"그러겠네."

황의노인이 순순히 그러겠다고 하자 흑의청년은 말문이 막힌 듯 인상만 썼다.

그때 언이지가 입을 열었다.

"두 분께 감사드립니다."

"감사는 무슨……."

"석 대협께 빚진 목숨입니다. 아가씨와 철마보를 지키기 위해서라면 천하와도 싸울 것이니, 아가씨께서는 절대 그런 말씀하지 마십시오."

황의노인이 겸양하려 하자 흑의청년이 제 가슴을 두들기며 호탕하게 말했다.

황의노인은 고개를 저었다.

'무공이 성격의 반만 따라갔어도…… 쯧쯧쯧!'

"알겠어요."

언이지가 웃었다.

그녀는 황의노인을 비롯하여 흑의청년 그리고 장웅을 비롯한 철마보의 사람들을 둘러보았다.

'아직 철마보에는 말이 있고, 사람이 있어. 방법만 찾는다면 반드시 일어설 수 있을 거야.'

언이지는 결의에 찬 얼굴로 하늘을 올려다봤다.

부친과 오라버니가 그녀에게 미소 짓고 있었다.

'제가 해낼 테니까, 지켜봐 주세요.'

무열은 걸음을 멈추었다.

흑룡이 새겨진 깃발이 그의 눈앞에서 바람에 펄럭이고 있었다.

귀룡채였다.

무열은 차갑게 가라앉은 눈으로 귀룡채의 전경을 바라봤다.

수백 명을 수용할 수 있는 널찍한 앞마당이 있고, 수 채의 목조건물들이 아름드리 거목들의 가지 위로 튼튼하게 지어져 있었다.

정문은커녕 적들의 침입을 대비한 목책(木柵)도 없었다.

귀면왕의 자신감을 엿볼 수 있었다.

하나 그 자신감이 더욱 무열을 자극했다.

저벅저벅!

무열이 걸었다.

파괴적인 기운이 그와 함께했다.

육 년 전, 앳된 얼굴로 은은한 도가의 기운을 풍기던 모습은 찾아볼 수가 없었다.

"웬 놈이냐?"

불곰 같은 녹림도가 버럭 소리치며 다가왔다.

그 목소리가 어찌나 컸던지 여기저기서 녹림도들이 모습을 드러내기 시작했다.

잠깐에 불과한 사이에 수십으로 불어났다.

무열은 개의치 않고 계속 걸었다.

"뭐하는 새끼야?"

불곰이 물으며 손을 뻗었다.

번—쩍!

묵광이 번쩍였다.

핏물이 튀었고, 팔 하나가 둥실 떠올랐다.

비명은 그 후에 터졌다.

"크악!"

비명과 동시에 찰나의 정적이 산채를 집어삼킨다 싶더니,
이내 분노 어린 고함들이 사방에서 쏟아졌다.

"저, 저 새끼 뭐야!"

"독옹이 당했다! 저 새끼 죽여라!"

"팔다리를 잘라 버려!"

"그걸로는 안 돼! 대갈통을 부셔 버릴 테다!"

흉악한 일갈을 내지르며 사방에서 달려들었다.

무열은 눈을 사납게 치뜨며 성큼성큼 걸었다.

그리고 달려드는 족족 양손에 나눠진 도끼로 마구 찍어댔
다.

콰직!

환도가 부서지고, 환도를 휘두르던 자의 가슴이 쩍 벌어
졌다.

쓰캉!

낫이 튕겨나고, 어깨에서부터 팔이 잘려 나갔다.

직도를 휘두른 자는 목이 찍혀 피분수를 쏟아내며 비틀비틀 물러나다 털썩 쓰러졌다.

"죽어라!"

커다란 언월도가 허공에서 천지를 쪼개며 뚝 떨어졌다.

쩌—엉!

무열이 도끼로 쳐올려 막았다.

언월도의 주인이 허공에 붕 떴다.

순간, 도끼가 날아갔다.

퍼억!

도끼는 얼굴에 반쯤 틀어박혔다.

즉사다.

무열은 확인도 하지 않고 불쑥 찔러오는 창대를 붙잡아 강하게 끌어당긴 후 하나 남은 도끼로 내리찍었다.

얼떨결에 끌려온 자의 상체가 쩍 벌어졌다.

푸확!

피분수가 솟구쳤다.

무열은 피를 흠뻑 뒤집어쓴 채 계속 걸었다.

순식간에 십여 명이 잔혹하게 당하자 녹림도들이 달려들던 것을 멈추고 거리를 뒀다.

무열은 계속 걸었다.

"고, 고수다!"

"당두님들을 불러라!"

녹림도들은 우왕좌왕하며 계속 물러났다.

그러는 사이 잠깐 걸음을 멈춘 무열은 얼굴에 도끼가 박혀 즉사한 시체에서 도끼를 회수했다.

그리고 다시 걷기 시작했다.

목표는 중앙에 있는 가장 큰 건물이다.

귀면왕은 거기에 있을 것이다.

"뭐하는 놈이냐!"

쩌렁 울리는 일갈과 함께 옷자락 펄럭거리는 소리를 울리며 두 사람이 허공에서 덮쳐 왔다.

그와 동시에 '기이잉!' 하는 기음이 빠르게 날아들었다.

무열은 이 소리의 정체를 안다.

혈륜이다.

귀면왕의 혈륜이 이런 소리를 냈다.

하나 귀면왕의 것보다 약하다.

걸음을 멈춘 무열은 허공에서 덮쳐 오는 자들을 향해 번갈아 가며 도끼질을 마구 퍼부은 후 신형을 틀어 날아드는 혈륜을 찍었다.

퍽퍽퍽! 퍼버버벅!

허공에서 덮쳐 오던 두 사람이 피를 쏟으며 나가떨어졌다.

꽈릉!

맹렬한 기세로 덮쳐 오던 혈륜이 왔던 곳으로 되돌아갔다.

퍽!

혈륜을 회수하던 자가 우뚝 동작을 멈추었다.

혈륜의 뒤를 따라 날아온 도끼가 아래쪽에서 불쑥 솟구치며 그의 가슴에 틀어박혀 버렸다.

"맙소사!"

"소, 소채주님!"

경악하는 귀룡채의 녹림도들!

무열은 소채주란 자의 가슴에서 도끼를 뽑아 들었다.

그리고 주위를 한 차례 둘러본 후 귀면왕의 거처라 여겨지는 건물을 향해 거센 포효를 터트렸다.

"귀면왕! 나와라!"

아름드리 거목의 가지 위에 판자를 깔아서 만든 제법 널찍한 단 위에서 흉포한 살기를 줄기차게 뿜어내는 노인.

한눈에 보기에도 대마두라는 것을 알 수 있을 정도로 인상이 포악해 보인다.

귀룡채주 귀면왕(鬼面王)이다.

천하녹림맹 내에서 다섯 손가락에 꼽히는 강자다.

바라보는 것만으로도 보는 이의 간담을 서늘하게 만들 정도로 강렬한 기도의 소유자다. 하물며 부릅뜬 두 눈이 분노로 번들거리고 있다.

"네놈 정체가 뭐냐?"

귀면왕이 사납게 으르렁거리며 잡아먹을 듯이 무열을 노려봤다.

포악한 기도가 장내를 짓누르며 무열을 압박했다.

"육 년 전!"

무열은 이층 높이의 단 위에서 내려다보는 귀면왕을 쏘아보며 차갑게 대꾸했다.

추호도 흔들리지 않는다. 되레 복수를 하겠다는 일념이 활화산처럼 타오르고 있다.

"육 년 전?"

귀면왕의 뇌리가 과거의 기억을 더듬는다.

하나 굳이 찾으려들지 않는다. 수박 겉 핥듯이 떠오르는 대로 훑어볼 뿐이다. 대신 온 신경이 무열의 강함을 파악하려 애쓴다.

화가 나면 남녀노소 가리지 않고 무차별적인 살육을 벌일 정도로 흉악한 귀면왕이 단박에 혈륜을 날리지 않는 건 무열의 기도가 만만해 보이지 않아서다.

본능적인 무언가가 경계심을 자극했다.

"철마보!"

무열이 소리쳤다.

순간, 귀면왕의 시선이 무열의 손에 들린 쌍부에 집중한다. 그리고 언중걸을 떠올린다.

씨ㅡ익!

귀면왕의 입가가 말려 올라간다.

육 년 전, 젊은 철마보주에게서도 위험한 냄새를 맡았다. 하여 조심히 상대해 보았고, 결국 아무것도 아니었다. 놈의 무공 자체가 위협적이었을 뿐이다. 단시일 내에 강자의 반열에 오를 무공이 아니었던 것이다.

"같은 무공이구나!"

굳이 대답을 들을 필요도 없다.

이 위험한 느낌과 저 쌍부가 틀림없이 그렇다고 말해주고 있었으니까.

당시에는 철마보주가 너무 맹렬하게 반항하는 바람에 죽일 수밖에 없었다. 하나 오늘은 바로 죽이지 않는다. 팔다리만 잘라내고 목숨을 붙여둔다. 그리고 저 불길한 기운을 풍기게 하는 무공을 토해내지 않고서는 살아도 산 것이 아니게 만들어준다.

귀면왕이 소채주의 죽음에도 웃을 수 있는 이유다.

"색마귀(色魔鬼)!"

귀면왕이 부르자 새하얀 얼굴에 음산한 기운을 흘리는 색마귀가 기다렸다는 듯이 허공으로 날아올랐다.

"여기가 감히 어디라고 쳐들어와? 죽어라!"

색마귀가 신형을 회오리처럼 휘돌리며 벼락같이 덮쳐 왔다.

성명절학인 절명장(絕命掌)이 그의 쌍장에서 폭포수처럼 쏟아졌다.

콰과광!

무열이 혈부를 찍어대자 굉음이 터졌다.

순간, 시뻘건 혈륜이 허공에서 내리꽂힌다.

기이이이잉!

뒤늦게 요란한 파공음이 터질 정도로 빨랐다.

콰─앙!

무열이 오른쪽 도끼로 쳐올리자 굉음이 터졌다.

그 순간, 색마귀가 자신이 아는 가장 빠른 신법을 펼쳐 무열의 측면을 파고들었다.

입가에 회심의 미소가 가득하다.

하지만 그는 무열의 정체를 알아보지 못하는 우를 범하고 있었다.

육 년 전에도 그는 어린 무열을 상대로 승기를 잡지 못했었다. 하물며 지옥육관까지 통과한 무열이다. 폭렬염왕격과 팔황쌍류도를 극성에 가깝게 익힌 상태였다.

꽝!

단박에 절명장이 막혔다.

하나의 도끼가 움직였을 뿐이다. 당연하게도 비혈륜을 막았던 도끼가 허공에서 대기 중이었다.

색마귀의 눈이 두려움으로 차올랐다.

콰직!

무열이 내리찍은 도끼가 색마귀의 좌측 어깨를 파고들어 우측 겨드랑이를 뚫고 나왔다.

색마귀의 상체가 비스듬하게 두 동강이 났다.

푸—확!

핏물이 분수처럼 솟구쳤다.

순간, 무열이 땅을 박차고 허공으로 솟구쳤다. 수 장 높이로 치솟아 귀면왕을 덮쳐 갔다.

기이이이잉!

귀면왕이 혈륜들을 날렸다.

쫘릉!

굉음이 터졌다.

하나 무열의 신형은 그대로 귀면왕을 덮쳐 갔다.

귀면왕은 눈빛을 착 가라앉히며 양손을 숨 가쁘게 뻗었다.

또 다른 두 개의 혈륜들이 벼락같이 튀어 나갔다.

쫘광!

강렬한 충돌!

귀면왕의 눈빛이 흔들렸다.

극성의 비혈륜으로도 무열을 떨쳐 내지 못한 것이다.

화아아아악!

허공에서 뚝 떨어져 내리는 무열의 쌍도끼가 귀면왕의 신형을 일도양단의 기세로 찍었다.

팟—파팟!

귀면왕의 신형이 모래알처럼 부서졌다. 극성의 경신으로 무열의 공세를 빠져나간 것이다.

귀면왕이 서 있던 자리로 내려선 무열이 신형을 빙글 돌렸다.

단 아래쪽에 귀면왕이 보였다.

자신을 단 아래로 내려오게 만든 것에 화가 난 것인가?
두 눈이 분노로 이글거린다.

하나 무열의 복수심은 그 어떤 종류의 분노보다 더욱 지
독했다. 세상의 더럽고 추악함에 물들지 않아 새하얀 백지
처럼 무척이나 순수하였던 무열이기에 언중걸의 죽음으로
인한 충격이 지대하게 컸다.

자신 때문에 그리되었다는 자책까지 하고 있었으니 범인
으로서는 상상할 수도 없을 만큼 지독했다.

우우우우웅!

귀면왕의 전신에서 무언가가 터져 나가는 기음이 쉴 새
없이 터져 나오더니, 곧이어 그의 주위에서 거센 공명음이
연방 울려댔다.

공진뢰(空盡雷)라고 하는 격발술을 펼쳐 공력을 증폭시킨
것이다.

강력한 만큼 후유증이 크기에 향후 천하녹림맹의 총표파
자 자리를 다툴 때 사용하려던 것이었다.

"이놈, 아주 갈가리 찢어 죽여주마!"

귀면왕은 무열을 고문하여 무공을 알아내겠다는 생각을
버렸다.

그의 뇌리에는 사지가 떨어지고, 가슴이 갈라져 살려달라
고 울부짖는 무열의 모습만이 마구 떠오르고 있었다.

하나 결코 오래가지 못했다.

이내 그의 동공에 떠오른 광경은 허공으로 날아올라 전광처럼 덮쳐 오는 무열의 모습이었다.

"죽어라!"

귀면왕이 일갈을 토하며 양손을 뻗었다.

순간, 열두 개의 혈륜이 한꺼번에 튀어나와 무열을 향해 벼락같이 폭사했다.

'놈! 노부의 십이혈폭륜(十二血暴輪)은 누구도 피하지 못한다.'

귀면왕의 얼굴에 자신감이 떠올랐다.

바로 그때, 놀라운 일이 벌어졌다.

무열이 칠흑 같은 흑무를 일으키며 두 개의 신형으로 분열한 것이다.

이는 순간적으로 신형을 날려 위치를 마음대로 바꾸는 이형환위를 능가하는 분신이형의 경지다.

꽈과과광!

절정의 경신공부인 흑마영(黑魔影)을 펼친 무열이 십이혈폭륜을 쳐내고 섬전처럼 덮쳐 오자 귀면왕은 낯빛을 굳히며 권장을 미친 듯이 갈겨댔다.

막지 못하면 죽는다는 두려움에 몸속의 진력이란 진력은 모조리 뽑아낸 그야말로 사력을 다한 맹공이었다.

쾅!

강렬한 충격.

귀면왕의 얼굴이 당혹으로 물들었다.

무열의 존재감이 느껴지지 않았다. 그가 날린 철부 하나를 막았을 뿐이다.

확 덮쳐 온 칠흑 같은 흑무가 시야를 어지럽혔다.

'놈은……?'

귀면왕이 혼돈으로 얼룩진 얼굴로 무열을 떠올린 순간이었다.

덥석!

무언가 강력한 힘이 귀면왕의 머리통을 움켜잡았다.

심장이 목구멍 밖으로 튀어나올 정도로 놀란 귀면왕이 반사적으로 권장을 휘둘렀다.

순간, 강렬하기 짝이 없는 극심한 통증이 목에 가해져 귀면왕의 전신을 싸늘히 얼어붙게 만들었다.

'헉!'

질겁한 귀면왕.

이윽고 칠흑 같은 흑무가 사라지자 지옥 불길처럼 활활 타오르고 있는 한 쌍의 눈이 그의 시야에 나타났다.

"아직 끝난 게 아니다. 네 머리통이 썩어 문드러질 때까지 철마보주님께 빌고 또 빌어라."

섬뜩하기 짝이 없는 목소리였다.

두려움을 느낀 귀면왕이 무열에게서 빠져나가고자 몸부림을 치려는 순간이었다.

털썩!

육중한 몸뚱이가 통나무처럼 뒤로 넘어갔다.

'뭐, 뭐냐……?'

자신의 몸뚱이가 쓰러진 것에 혼비백산한 귀면왕의 얼굴
에서 생기가 급속도로 빠져나갔다.

◆　◆　◆

언이지는 집무실에 있었다.

집무실 책상 한쪽에 부친과 오라버니의 손을 탄 문서들이
켜켜이 쌓여 있었다. 그동안 마음을 잡지 못해 손 놓고 있
던 것인데, 기다린다고 돌아올 분들이 아니기에 이제라도
정리하기로 마음먹었다.

하나 막상 문서들을 손에 쥐고 보니 두 사람이 떠올라 격
한 감정이 북받쳤다.

언이지는 입술을 깨물었다.

북받치는 감정을 억눌렀다.

다시는 울지 않겠다고 다짐하였다.

보란 듯이 철마보를 일으키기로 마음먹었다. 하니 하늘에
있는 부친과 오라버니에게 큰소리를 칠 수 있을 때까지 절
대 눈물을 보이지 않을 참이다.

"보주님, 나와 보셔야 할 것 같습니다."

문밖에서 총관의 목소리가 들려왔다.

언이지는 크게 심호흡을 한 후 문을 열었다.

"무슨 일이에요?"

"백 공자가 또 찾아왔습니다."

언이지의 얼굴이 딱딱하게 굳었다.

대청 앞마당에 백가장의 무인들이 득실거렸다.

제대로 겁을 주려는 듯 서른에 가까운 숫자를 끌고 왔다.

장웅을 비롯하여 철마보의 식구들도 있었지만, 그들의 기세에 짓눌려 있었다.

언이지는 아랫입술을 깨물고 앞마당을 가로질렀다.

백가장 무인들의 비웃음 가득한 시선들이 언이지의 위아래를 훑었다.

개중에는 욕정으로 끈적거리는 더러운 시선들도 상당수 있었다.

언이지는 두 주먹을 움켜쥐며 똑바로 걸었다.

이윽고 대청에서 백천기를 본 언이지는 두 눈을 치떠야 했다.

"당장 일어나지 못해요?"

언이지가 쌍심지를 켜며 사납게 소리쳤다.

백천기가 대청 중앙에 놓인 의자에 거만한 자세로 앉아 있었던 것이다.

철마보주만이 앉을 수 있는 자리였다.

언이지의 부친 이후로 그 누구도 앉지 않았다.

언중걸조차 아직은 자격이 없다며 단 한 번도 앉지 않았던 의자였다.

"이깟 의자가 무슨 대수라고 그리 언성을 높이는 게요? 그리고 열흘 내로 돈을 갚지 못하면 어차피 내 것이 될 것이니 조금 일찍 앉는 것일 뿐이잖소?"

백천기가 능글거리는 웃음을 흘리며 말했다.

언이지는 모멸감이 들었다.

분하고 억울하여 치가 떨렸다.

"당장……! 당장 일어나!"

언이지가 울분을 참으며 소리쳤다.

하나 백천기는 입매를 비틀어 웃었다.

"돈은 준비되었소?"

"이 파렴치한……."

"빌려준 돈을 갚으라는 것이 어찌하여 파렴치하다는 것이오? 그리고!"

백천기는 말을 멈추었다.

객청 앞마당이 어수선하여 시선을 돌려보니 오 일 전에 마사에서 보았던 황의노인과 흑의청년이 장내로 들어서고 있었다.

"흥!"

백천기는 코웃음 쳤다.

석군평이 힘을 쓸 수 없는 지금으로써는 철마보에서 무인이라 칭할 만한 자들은 저 둘 뿐이라는 걸 알고 있었다.

황의노인이 제법 강할 거라는 말을 들었기에 서른 명이나 끌고 왔다. 그중에는 황의노인을 상대할 고궁도 있었다.

또한 오대빈객들 중 한 분을 특별히 모셔왔다.

'크흐흐! 여기 계신 철선 어르신은 저 겁 없기로 유명한 고궁이 싸울 엄두조차 내지 못하는 분이시다.'

백천기가 자랑스럽다는 눈길로 객청 입구에 팔짱을 끼고 서 있는 노인에게로 시선을 돌렸다.

냉랭한 기운을 흘리며 장내를 굽어보고 있는 중노인이 보였다.

탈명철선(奪命鐵扇) 모중광!

그것이 중노인의 정체였다.

수년 전 백가장에 일신을 의탁한 고수로 손에 쥔 철로 만들어진 쥘부채가 펼쳐지면 괴이 독랄한 초식들이 쏟아져 나와 변방의 수많은 고수들이 고혼이 되었다고 알려졌다.

모중광의 정체를 알아보았는지 황의노인의 얼굴이 굳었다.

하나 모중광은 그런 황의노인에게 눈길조차 주지 않았다.

그저 눈에 차는 자가 없다는 듯 팔짱을 낀 채 거만하게 내려다볼 뿐이었다.

"언 소저!"

백천기가 은근한 어조로 언이지를 불렀다.

겁을 주었으니 이제 다독여 줄 때라고 여긴 모양이다.

하나 언이지는 그의 생각과 다른 반응을 보였다.

"이 더러운 개자식아! 당장 그 자리에서 일어나지 못해?"

그동안 참았던 울분이 한꺼번에 폭발했다.

"철마보를 팔아서라도 줄 테니까, 당장 꺼져! 이 개자식
아!"

악에 받친 듯 고함을 지르는 언이지.

그런 언이지의 모습에 백천기는 일순간 당황한 표정을 짓
더니 곧 싸늘한 표정을 지었다.

"아무래도 피를 보아야 현실을 인정할 모양이군."

백천기의 눈이 모중광에게로 향했다. 하나 곧 의아한 표
정을 지었다.

모중광이 이미 팔짱을 풀고 있었기 때문이다.

게다가 마치 무언가를 경계하는 듯 철선을 꺼내 들고 있
었다.

"철선 어르신……."

백천기가 모중광을 부를 때였다.

객청 앞마당 바깥이 점점 소란스러워졌다. 그와 함께 정
체를 알 수 없는 묘한 기운이 점점 가까워졌다.

백천기뿐만이 아니라 모두의 시선이 한 곳으로 움직였다.

바로 그때, 시커먼 그림자 하나가 앞마당으로 불쑥 들어
왔다.

훤칠한 키의 사내였다.

갑작스런 깡마른 사내의 등장에 묘한 침묵이 드리워졌다.

저벅저벅!

사내가 걸었다.

모두의 시선이 사내의 손으로 움직였다.

그리고 곧 소스라치게 놀랐다.

두 눈을 부릅뜨고 죽은 수급 하나가 사내의 손에 들려 있었기 때문이다.

사내의 양쪽 어깨 위로 용의 형상이 보였고, 양쪽 허리춤에는 두 자루의 도끼가 걸려 있었다. 뿐만 아니라 다른 쪽 손에는 날이 시퍼런 장도가 들려 있었다.

그럼에도 수급이 주는 인상이 워낙 강렬하여 시선조차 받지 못했다.

사내는 객청을 향해 똑바로 걸었다.

그 누구도 사내의 앞을 막지 못했다.

숨조차 제대로 쉬지 못했다.

살 떨리게 만드는 섬뜩한 기운이 사내에게서 흘러나오고 있었기 때문이다.

턱!

사내의 발이 객청에 올라섰다.

"으음……!"

모중광이 신음을 흘렸다.

사내의 기운에 쉽사리 움직이지 못했다.

사내는 모중광에게 시선조차 주지 않았다.

객청 중앙을 향해 뚜벅뚜벅 걸을 뿐이었다.

백천기는 의자에서 일어날 생각도 못할 정도로 두려움에 사로잡혔다.

사내의 손에 들린 수급의 두 눈이 그를 노려보고 있었다.

조금이라도 움직이면 씹어 먹어 버리겠다고 으르렁거리는 것 같았다.

언이지 역시 아무 말도 못했다.

다른 것이 있다면 사내로부터 묘한 느낌이 전해져 와 조금도 두렵지 않다는 것이었다.

척!

이윽고 객청 중앙에서 사내가 걸음을 멈췄다.

사내의 시선은 백천기의 뒤쪽을 향하고 있었다.

그곳에는 언가의 조상들의 위패가 모셔져 있었다. 그중 하나의 위패에 언중걸의 이름이 있었다.

사내는 언중걸의 위패를 바라보며 장도를 객청 바닥에 꽂았다. 그리고 수급을 위패가 바라보도록 하여 장도의 손잡이에 꽂았다.

죽음의 냄새가 장내에 진동했다.

하나 사내의 행동은 엄숙하기 짝이 없었다.

수급을 꽂은 사내는 위패를 향해 공손히 허리를 숙였다. 그리고 나지막한 목소리로 입을 열었다.

"귀면왕의 머리통입니다. 언 누이와 철마보는 제가 지킬 것이니 더 이상 구천을 떠돌지 마시고, 이놈을 데리고 가십시오."

언이지의 두 눈이 화등잔만 하게 커졌다.

〈『첩혈신룡』 2권에서 계속〉

첩혈신룡

1판 1쇄 찍음 2012년 4월 30일
1판 1쇄 펴냄 2012년 5월 3일

지은이 | 도 검
펴낸이 | 정 필
펴낸곳 | 도서출판 뿔미디어

편집장 | 이재권
기획 · 편집 | 심재영
편집디자인 | 이진선
관리, 영업 | 김기환, 임순옥

출판등록 | 2002년 9월 11일 (제1081-1-132호)
주소 | 부천시 원미구 상3동 533-3 아트프라자 503호 (우)420-861
전화 | 032)651-6513 / 팩스 032)651-6094
E-mail | BBULMEDIA@paran.com
홈페이지 | www.bbulmedia.com

값 8,000원

ISBN 978-89-6639-661-0 04810
ISBN 978-89-6639-660-3 04810 (세트)